Bibliothek der Kinderklassiker

Onkel Toms Hütte

Harriet Beecher-Stowe

Onkel Toms Hütte

Nacherzählt von
Susa Hämmerle

Illustriert von
Christine Krais

Annette Betz Verlag

Inhalt

Ein Sklavenhändler bei Mr. Shelby

Es ist noch keine zweihundert Jahre her, daß in Amerika schwarze Menschen als Sklaven gehalten wurden. Sie mußten vor allem auf den Baumwollfeldern in den Südstaaten vom Morgengrauen an bis spät in die Nacht für einen Hungerlohn schuften. Und wenn sie zu schwach oder zu alt für diese schwere Arbeit wurden, verkaufte sie ihr Herr um ein paar Dollar weiter oder ließ sie zu Tode prügeln.

In den nördlichen Staaten Amerikas war das Los der Sklaven weniger hart. Dort gab es viele Farmbesitzer, die ihre dunkelhäutigen Diener gut behandelten oder die Sklaverei ganz abschaffen wollten – doch bis es tatsächlich dazu kam, sollten noch viele leidvolle Jahre für die Schwarzen vergehen ...

Mitte des vorigen Jahrhunderts lebte in Kentucky ein Sklave, der von jedermann »Onkel Tom« genannt wurde. Er war ein großer, kräftiger Kerl mit einem tiefschwarzen glänzenden Gesicht, das immer freundlich in die Welt hinausstrahlte. Es gab keinen gutmütigeren und frommeren Sklaven weit und breit – bis ein grausames Schicksal seinen Lauf nahm und Onkel Toms Leben von einem Tag zum anderen auf das schrecklichste veränderte.

Doch greifen wir nicht vor. Beginnen wir Onkel Toms Geschichte mit jenem klirrend kalten Februarnachmittag, an dem sein Herr, Mr. Shelby, unangenehmen Besuch hatte. Sein Gast war klein und dick, trug eine grellbunte Weste und gleißende Ringe an jedem Finger. Er wirkte selbstgefällig und prahlerisch, und man sah dem vornehmen Mr. Shelby an, daß er den Pflichten des Gastgebers nur äußerst ungern nachkam. Dies hatte vor allem einen moralischen Grund: Haley – so hieß der Mann – war Sklavenhändler.

Nie hätte sich der redliche Mr. Shelby träumen lassen, daß er einen Menschen vom Schlage Haleys in sein Haus lassen würde. Er war seinen Sklaven stets ein gerechter und wohlwollender Herr gewesen und hatte sogar schon den Gedanken erwogen, seinem treuen Arbeiter Tom die Freiheit zu schenken. Die letzten Jahre jedoch war seine Farm von Mißernten heimgesucht worden, und Mr. Shelby war in beträchtliche Schulden geraten. Unglücklicherweise waren Haley einige Schuldscheine in die Hände gefallen – und nun hockte er wie eine fette Spinne in Shelbys behaglichem Wohnzimmer, um sein Geld einzutreiben.

Die Männer redeten längere Zeit leise und eindringlich miteinander, bis der Sklavenhändler schließlich lautstark auffuhr: »Nein, Mr. Shelby, ich lehne ihren Vorschlag ab. Das ist mir entschieden zu wenig!«

»Aber, Sie kennen meinen Tom nicht«, beschwor ihn Shelby. »Er ist bestimmt das Geld wert, das ich Ihnen schulde. Seit Jahren verwaltet er die Farm zu meiner vollsten Zufriedenheit und ist dabei geschickt und ehrlich wie kein zweiter . . .«

»Ehrlich?« unterbrach ihn Haley grinsend. »Sie meinen wohl, so ehrlich, wie Nigger eben sind?«

Mr. Shelby schluckte seinen Zorn über diese Bemerkung hinunter und antwortete möglichst ruhig: »Nein, ich meine es wirklich so: Tom ist absolut zuverlässig, ein durch und durch gläubiger Christ. Es würde ihm nie in den Sinn kommen, mich oder jemand anderen zu betrügen. Ich gestehe, daß ich mich sehr schwer von ihm trenne, denn einen besseren Mann gibt es in ganz Kentucky nicht.«

Haley wollte soeben boshaft bemerken, daß es seiner Meinung nach keine frommen Nigger gäbe, als die Tür aufging. Ein hübscher, etwa vierjähriger Knabe kam herein und lief fröhlich auf Mr. Shelby zu. Es handelte sich eindeutig um ein Sklavenkind, denn obwohl seine Haut hell war, verrieten die schwarzen Locken und die dunklen Augen seine Abstammung.

»Na, Harry, magst du eine Weintraube?« fragte Mr. Shelby und strich dem Knaben zärtlich übers Haar. Nachdem der Kleine die Traube in den Mund geschoben hatte, griff ihm sein Herr aufmunternd unter das Kinn. »Und nun zeig uns, wie du tanzen und singen kannst.«

Augenblicklich stimmte Harry ein Lied an und stampfte auf dem Boden herum, während seine kleinen Hände klatschten und den Takt vorgaben. Haley betrachtete das tanzende Kind mit wachsendem Interesse. In seine rotgeäderten Augen schlich ein befriedigter Ausdruck, und als der kleine Harry seine Darbietung beendet hatte, schlug der Händler dem verdutzten Mr. Shelby unter schallendem Gelächter auf die Schulter.

»Was für ein prächtiges Bürschchen!« rief er. »Geben Sie mir den Jungen als Draufgabe zu Tom, und unser Geschäft soll abgemacht sein!«

Noch ehe Shelby etwas erwidern konnte, öffnete sich erneut die Tür. Eine junge Mischlingsfrau blieb schüchtern auf der Schwelle stehen und blickte suchend in das Zimmer. Sie war schön, so schön, daß Haley sie ganz verblüfft anstarrte: Ihr Körper war schlank und feingliedrig, und seidig schimmernde Locken rahmten das ovale Gesicht. Ohne Zweifel war die Frau Harrys Mutter. Sie hatte die gleichen dunklen Augen und die auffallend helle Hautfarbe. Unter Haleys unverschämt musterndem Blick allerdings färbten sich ihre Wangen brennend rot.

»Was gibt's, Eliza?« fragte Shelby freundlich.

»Ich suche Harry, Sir!«

»Nun, er ist hier. Du kannst ihn mitnehmen«, sagte Mr. Shelby.

Die Frau nahm das Kind auf den Arm und verließ mit einer leichten Verbeugung in Richtung ihres Herrn hastig den Raum.

Nachdem sie gegangen war, setzten die beiden Männer ihre geschäftliche Unterredung fort. Eine knappe Stunde später war alles abgemacht: Haley sollte Onkel Tom und den kleinen Mischlingsjungen Harry bekommen, um sie gegen gutes Geld auf dem Sklavenmarkt zu verkaufen.

Shelby war dieser Entschluß nicht leicht gefallen, doch blieb ihm keine andere Wahl: Nur so konnte er von dem Sklavenhändler seine Schuldscheine einlösen, andernfalls hätte dieser jederzeit die Macht gehabt, die Shelbys um Hab und Gut zu bringen ...

Onkel Toms Hütte

Onkel Tom indessen ahnte nichts von dem ihm drohenden Schicksal. Er saß am roh-gezimmerten Tisch in seinem Blockhaus, das dicht neben dem Wohngebäude seines Herrn auf einem hübschen Gartenfleck stand.

»Onkel Toms Hütte«, wie das Häuschen auf der Farm hieß, war zwar nur mit dem Nötigsten eingerichtet, vermittelte aber trotzdem behagliche Geborgenheit, die nicht zuletzt von einer dicken schwarzen Frau ausging, die summend und schwatzend am Herd hantierte.

Tante Chloe war Toms Frau und die beste Köchin weit und breit. Ihr Gesicht war rund wie der Voll-mond und glänzte vor Zufriedenheit: Das Abend-essen für die Herrschaft hatte sie schon zubereitet, und nun konnte sie in den eigenen vier Wänden für ihren Tom kochen.

Obwohl köstliche Gerüche aus den Töpfen stiegen, schien Tom das nicht zu bemerken. Vor ihm lag eine

Robert das dickste Stück Käsekuchen bekommen würde, war für Chloe Ehrensache, und das wußte der junge Master genau!

Noch zwei Augenpaare verfolgten hungrig jede Bewegung Tante Chloes. Sie gehörten Pete und Mose, den beiden Jungen von Chloe und Tom, die bis dahin mit ihrer kleinen Schwester gespielt hatten.

»So, das wär's«, murmelte Tante Chloe befriedigt und stellte den dampfenden Kuchen auf den Tisch. Und dann war eine Zeitlang nur andächtiges Schmatzen zu hören.

Nach dem Essen stand Tom auf und sagte: »Heute abend ist Versammlung, wir müssen ein paar Fässer als Sitzgelegenheiten in die Hütte rollen.«

Robert bot seine Hilfe an, denn er liebte die all-wöchentlichen Versammlungen in Onkel Toms Hütte. Von nah und fern kamen Sklaven in das kleine Blockhaus, und dann wurde bis spät in die Nacht gesungen, getanzt und aus der Bibel vorgelesen.

Tom war ein hervorragender Prediger, der in schlichten Worten über Gott und die Welt sprechen konnte. Auf diese Weise tröstete er so manche Sklaven, die es mit ihrer Herrschaft weniger gut getroffen und neben härtester Arbeit auch schlechteste Behandlung zu ertragen hatten. »Denn die menschliche Seele ist unsterblich«, pflegte Tom zu sagen, »und auch der grausamste Herr kann euch eure Seele nicht aus eurer schwarzen Haut rausprügeln!«

Schiefertafel, auf welche er mit seinen ungelenken Fingern krakelige Buchstaben malte. Neben ihm saß ein Junge und beobachtete kritisch die mehr schlechten als rechten Schreibversuche, um dann tadelnd auszurufen: »Nicht so, Onkel Tom, das wird ja ein G und kein Q!«

Der Junge, der so eifrig den Lehrer spielte, war Mr. Shelbys Sohn, der dreizehnjährige Robert. Der junge Master hielt sich gern in Onkel Toms Hütte auf. Er hing mit großer Zärtlichkeit an dem Sklaven und brachte ihm mit großer Freude das Schreiben bei. Zwischendurch schielte Robert immer wieder zu Tante Chloe hinüber, um an ihrer Miene abzulesen, wie weit das Abendbrot gediehen war. Denn daß

Ein verzweifelter Entschluß

Die Versammlung in Onkel Toms Hütte hatte ihren Höhepunkt erreicht. Der Wind trug den melodiösen Singsang der Sklaven durch die frostige Luft bis zum Herrenhaus, wo Mrs. Shelby mit ihrem Mann im Salon saß, den Kopf über eine Stickerei gebeugt. Mr. Shelby schaute angelegentlich in die Zeitung, ohne zu bemerken, daß er sie verkehrt herum hielt. Ihm war alles andere als wohl zumute, denn er wußte nicht, wie er seiner Frau den unglückseligen Handel mit Mr. Haley beibringen sollte.

»Arthur, wer war übrigens dieser unsympathische Mann, der dich heute besucht hat?« fragte Mrs. Shelby mitten in seine Gedanken hinein.

Mr. Shelby schluckte. So, nun mußte es also heraus. Ohne es zu wissen, hatte ihm Mrs. Shelby das Stichwort für sein Geständnis geliefert.

»Er heißt Haley und ist Sklavenhändler.«

Der Stickrahmen fiel zu Boden. »Arthur! Du hast dich mit einem Sklavenhändler eingelassen!« rief Mrs. Shelby empört.

Ihr Mann senkte den Kopf und murmelte: »Ja, Emily, und ich habe Tom und den kleinen Harry an ihn verkauft.«

Mrs. Shelby konnte es nicht fassen. Ihr Mann, den sie liebte und achtete, hatte den treuen Tom verkauft, dem er mehr als einmal die Freiheit versprochen hatte! Und damit nicht genug: Er schien es sogar übers Herz zu bringen, einer Mutter das Kind wegzunehmen, das einzige, das ihrer Dienerin geblieben war. Denn Eliza hatte zwei Kinder verloren und ihr Mann war von seinem Herrn zu harter und demütigender Arbeit gezwungen.

Mrs. Shelby sah ihren Mann anklagend an. Dieser griff sich stöhnend an die Stirn, und dann begann er, sich alles von der Seele zu reden. Noch nie hatte er mit seiner Frau über geschäftliche Dinge gesprochen, und so erfuhr sie zum ersten Mal, wie hoch die Farm mit Schulden belastet war.

Schließlich sah auch Mrs. Shelby ein, daß ihr Mann nicht anders handeln konnte. »Aber laß dir unbedingt von Haley sagen, an wen er die beiden weitergibt«, beschwor sie ihn. »Dann können wir sie zurückkaufen, sobald du dich finanziell wieder erholt hast. Und damit die Summe rascher zusammenkommt, werde ich meinen Schmuck verkaufen!«

Mr. Shelby lächelte müde. »Das wäre nur ein Tropfen auf den heißen Stein. Doch ich versprech es dir: Ich werde alles tun, was in meiner Macht steht.« Und damit nahm er die Zeitung wieder auf.

»Eines noch: Wann kommt dieser Halsabschneider die beiden holen?« fragte Mrs. Shelby.

»Morgen früh. Es wäre besser, wenn du mit Eliza eine Spazierfahrt machst. Dann braucht sie nicht mitanzusehen, wie ihr Kind weggetragen wird.«

»Keinesfalls werde ich das tun«, rief Mrs. Shelby heftig. »Ich bin Christin, und ich habe meine Sklaven stets in christlichem Glauben erzogen. Und da soll ich ihnen ein schlechtes Beispiel geben, und mich, nur weil es bequemer ist, aus ihrem Unglück herausstehlen? Ich werde Eliza und Tom morgen beistehen, so wahr mir Gott helfe!«

Mr. Shelby strich seiner Frau übers Haar, dann wandte er sich endgültig der Zeitung zu.

Während Emily den Stickrahmen vom Boden aufhob, sagte sie: »Ich habe es immer schon gefühlt, daß die

Sklaverei eine Sünde ist. Wie darf ein Gesetz erlauben, daß Menschen wie ein Stück Vieh verkauft und Familien auseinandergerissen werden?«

Die Eheleute ahnten nicht, daß sie belauscht wurden. Schon am Nachmittag hatte Eliza, die Kammerzofe, eine böse Vorahnung beschlichen, als sie ihren Herrn mit diesem ungehobelten Mann sah, der sie dann noch so unverschämt angestarrt hatte. Deshalb war sie, nachdem Harry eingeschlafen war, aus ihrem Zimmer geschlüpft und hatte sich zur Tür des Wohnzimmers geschlichen.

Zitternd lehnte sie nun an der Wand, ihre Gedanken jagten wie im Fieber durch ihren Kopf. »Meinen Jungen wollen sie mir nehmen, meinen kleinen Jungen«, stammelte sie immer wieder. Dann schleppte sie sich in ihre Kammer zurück und betrachtete das schlafende Kind. Die seidigen Locken hingen über sein Gesicht, und die rechte Hand hielt ein kleines hölzernes Pferdchen umklammert . . .

Eliza sank auf einen Stuhl. Sie versuchte, ihre Gedanken zu ordnen. »Ach, wenn ich jetzt nur mit George sprechen könnte, er wüßte, was zu tun ist.«

George war Elizas Mann, der Sklave eines Farmers, der in der Nähe der Shelbys wohnte. Vor vier Stunden erst hatte er sie besucht, um Abschied zu nehmen. Denn Georges Herr war ein berüchtigt grausamer Mann, der seinen Sklaven das Leben zur Hölle machte. Zuletzt hatte er George verboten, Eliza und Harry zu sehen. Da beschloß George etwas zu wagen, das schon vielen seiner farbigen Brüder das Leben gekostet hatte: die Flucht nach Kanada. Dort war die Sklavenhaltung verboten. Das Risiko, in diese ferne Freiheit zu entkommen, war allerdings groß: Es gab genügend Sklavenjäger, die scharf abgerichtete Hunde auf entlaufene Sklaven hetzten . . . Tot oder lebendig, hieß das Gesetz, und so manchem war ein toter Sklave lieber als ein lebendiger, aber freier.

All das hatte George seiner Frau geschildert. Seine letzten Worte klangen ihr noch im Ohr: »Ich werde es schaffen, Eliza, ganz bestimmt! Und dann werde ich dich und Harry freikaufen.«

Eliza straffte die Schultern. Mit George konnte sie sich nicht mehr beraten, also mußte sie auf eigene Faust handeln.

In diesem Augenblick lachte das Kind im Traum leise auf. Und plötzlich wußte Eliza, was sie zu tun hatte . . .

Ein frostiger Morgen graute über der Farm. Die Sklaven hatten bereits ihr Tagwerk begonnen, und sowohl die Küche als auch der Hof hallten von geschäftigen Rufen wider.

Mrs. Shelby war mit dem Ankleiden beschäftigt. »Wo Eliza nur bleibt? Ich habe schon dreimal nach ihr geklingelt«, sagte sie beunruhigt.

Mr. Shelby stand vor dem Spiegel und zog das Rasiermesser ab. Sein kleiner Diener Andy wollte ihm soeben das Rasierwasser reichen. »Andy, geh an Elizas Tür und sag ihr, sie soll kommen«, befahl Mrs. Shelby dem Jungen.

»Ach, die arme Kleine«, seufzte Mrs. Shelby halblaut. »Noch weiß sie nicht, was sie erwartet!«

Kaum hatte sie ausgesprochen, als Andy wie ein Blitz ins Zimmer zurückgeschossen kam. Mit tellerrunden Augen schrie er: »Master, Missis . . . Lizzys Kasten is' sperrangeloffen und ihre Sachen liegen überall rum . . . Und das hab ich gefunden!«

Stolz hielt er seiner Herrin einen zerknitterten Zettel unter die Nase. Das Papier war feucht, als wären Wassertropfen oder gar Tränen darauf gefallen. Mrs. Shelby konnte Elizas kindliche Handschrift kaum entziffern: »Geliebte Missis, halten Sie mich nicht für undankbar. Ich habe gelauscht und will versuchen, mein Kind zu retten. Dank für all Ihre Güte!«

Während sich Mr. Shelbys Züge verfinsterten, zeigte sich auf dem Gesicht seiner Frau Erleichterung. »Sie ist fort, Gott sei Dank, sie ist fortgelaufen!«

»Sei nicht töricht«, bemerkte Mr. Shelby knapp. »Was soll ich jetzt Haley sagen, wenn er in einer halben Stunde kommt? Wir müssen Eliza suchen, vielleicht hält sie sich im Haus versteckt!« Und mit zornigen Schritten verließ er den Raum.

Auch Mrs. Shelby stürzte hinaus. Auf der Schwelle machte sie noch einmal kehrt und gab dem ver-

datterten Andy einen liebevollen Klaps. »Ist das nicht großartig, Kleiner«, rief sie aus, und dann stürmte sie wie ein junges Mädchen die Treppe hinunter.
Andy blieb zurück, Mund und Augen aufgerissen. Er verstand die Welt nicht mehr: Wie konnte seine Herrin glücklich darüber sein, daß ihr Mädchen verschwunden war?

Verfolgungsjagd mit Hindernissen

Sekunden später glich das Herrenhaus einem aufgescheuchten Bienenstock. Die Sklaven liefen treppauf, treppab, rissen sämtliche Türen auf und riefen in den letzten Winkel nach der verschwundenen Eliza. Alles, was zwei Beine hatte, beteiligte sich an der gleichermaßen lärmenden wie vergeblichen Suche – außer dem kleinen Andy und dem schwarzen Sam. Die zwei standen mit zusammengesteckten Köpfen vor der Veranda und schienen Wichtiges zu besprechen.

Der schwarze Sam wurde so genannt, weil er noch ein paar Schattierungen schwärzer war als die übrigen Sklaven. Er besaß nicht gerade den Verstand eines Weißen, dafür aber eine gute Portion Schlauheit. »Und du meinst wirklich, unsere Missis will nicht, daß sie Lizzy finden?« fragte er soeben und ließ seinen riesigen Zeigefinger nachdenklich in der noch riesigeren Nase verschwinden.

»Aber wenn ich's dir doch sage. Bin ja selbst dabeigewesen!« trumpfte Andy auf. »Für den Massa aber is' die Sache bös. Kannst Gift drauf nehmen, daß er uns mit Haley losschickt, um Lizzy un' den Kleinen zu suchen!«

Kaum hatte Andy den Namen des Sklavenhändlers ausgesprochen, als dieser angeritten kam. Wie auf Kommando stürmte die ganze Horde schwarzer Kinder aus dem Haus heraus und hockte sich, einem Krähenschwarm gleich, auf das Geländer der Veranda. »Sie sind weg, Master, Lizzy un' der Kleine sind

verschwunden!« prasselte die brandheiße Neuigkeit schadenfroh von allen Seiten auf Haley ein.

Das eben noch gutgelaunte Gesicht des Sklavenhändlers verzerrte sich vor Wut. Er stieß die wildesten Flüche hervor. Dann band er seine nervös wiehernde Stute an und polterte in den Salon. Etwa fünf Minuten lang hörten ihn die neugierig lauschenden Diener herumschreien wie einen Roßknecht. Schließlich setzte sich jedoch die vornehme Stille von Mr. Shelby durch: »Ich will Ihnen Ihre Unhöflichkeit nachsehen, zumal die Sache wirklich äußerst unangenehm ist. Meine Diener Sam und Andy werden sofort die Pferde satteln und Ihnen bei der Suche nach Eliza behilflich sein.«

Als sie ihre Namen hörten, zwinkerten Andy und Sam einander zu. Dann bückte sich Sam und kratzte sich am Fuß, dabei hob er einen kleinen scharfkantigen Kieselstein auf. Er trat zu Haleys Stute, und während er scheinbar den Sattelgurt festzog, schob er schnell den spitzen Stein unter den Sattel.

Als ein wenig später Mr. Shelby und Haley auf die Veranda traten, standen Andy und der schwarze Sam bereits dienstbeflissen vor den vier gesattelten Pfer-

den – eines sollte für Eliza sein. Etwas besänftigt stieg Haley in den Steigbügel, den ihm Sam zuvorkommend hielt. Doch kaum berührte sein Hinterteil den Sattel, als die Stute steil in die Höhe stieg!

Haley landete kopfüber auf dem gefrorenen Rasen. Andy und Sam schrien wie die Wilden, stürmten mal hierhin, um dem fluchenden Haley beim Aufstehen behilflich zu sein, mal dahin, um die galoppierende Stute einzufangen. Das hatte zur Folge, daß sich auch die anderen drei Pferde aufbäumten und in alle Himmelsrichtungen auseinanderstoben.

Das war das Signal für die übrigen Schwarzen, die bisher nur mit großen Augen die Szene beobachtet hatten: Sie klatschten in die Hände, schrien und sprangen hinter den Pferden her, die nun völlig scheuten. Weder Mr. Shelbys Befehle noch Haleys Fluchen konnten Ordnung in das Durcheinander bringen.

Um es kurz zu machen: Es dauerte den ganzen Vormittag, bis Andy und Sam die Pferde wieder eingefangen hatten. An einen sofortigen Aufbruch war nicht mehr zu denken. Die Pferde dampften vor Schweiß und benötigten dringend eine Ruhepause.

Vom Balkon aus hatte Mrs. Shelby dem Schauspiel mit unverhohlenem Vergnügen zugeschaut. Jetzt eilte sie zu dem wutschäumenden Haley hinunter und sprach in liebenswürdigem Ton: »Es tut mir schrecklich leid, das Mißgeschick mit Ihrem Pferd. Darf ich Sie als Entschädigung zum Mittagessen einladen? Ich habe die beste Köchin von ganz Kentucky!« Widerstrebend nahm der Sklavenhändler die Einladung an und folgte Mrs. Shelby ins Haus.

»Sie werden sehen, Master! In 'ner Stunde sind die Pferde wieder frisch und rennen wie mit'm Teufel hinterher«, schrie ihm Sam nach. Dann trollte er sich in den Stall zum wohlverdienten Vor-Mittagsschlaf.

Die »beste Köchin der Welt« stand indessen mit steinernem Gesicht in der Küche und rührte stumm in den Töpfen herum. Tante Chloe wußte bereits seit Stunden von Elizas Flucht – und sie wußte auch, daß ihr geliebter Tom verkauft war und betend in der Hütte wartete, bis man ihn rufen würde! Denn mitten in der Nacht hatte Eliza ans Fenster geklopft und mit hastigen Worten alles erklärt. »Komm, wir fliehen gemeinsam!« hatte sie Onkel Tom angefleht.

Doch was hatte dieser dumme Kerl getan? Mit erhobenen Händen und weit offenen Augen war er dagestanden, als ob er träumte. Dann war er auf einen Sessel gesunken und hatte mit belegter Stimme gesagt: »Nein, Eliza, ich muß hierbleiben. Daß du gehst, ist dein gutes Recht. Jede Mutter würde das tun. Aber wenn ich auch fortlaufe, verliert unser Herr seine Farm. Das hast du doch mit eigenen Ohren gehört, oder?«

Eliza hatte nur stumm genickt. Dann war sie, den kleinen Harry auf dem Arm, wie ein Schatten in der Nacht verschwunden . . .

Langsam, ganz langsam würzte Chloe die Bratensauce: Sie würde sich mit dem Mittagessen gewiß nicht beeilen! Denn wenn dieser gottlose Sklavenhändler schon ihren Tom bekommen sollte, dann wollte sie wenigstens dafür sorgen, daß Elizas Vorsprung größer würde!

Um halb zwei hatte Haley vor lauter Ungeduld beinahe den Sessel durchgewetzt. Da das Essen noch immer auf sich warten ließ, beschloß Mr. Shelby, nach Tom zu rufen. Er wollte ihn Haley vorstellen und sich zugleich von ihm verabschieden.

Als Tom schließlich mit gesenktem Kopf vor ihm stand, traten dem sonst so beherrschten Mr. Shelby die Tränen in die Augen. »Tom«, sagte er leise, »ich mußte diesem Herrn hier mit tausend Dollar garantieren, daß du nicht fortläufst. Heute hat er noch anderweitig zu tun, deshalb sollst du den ganzen Tag für dich haben. Doch morgen früh halte dich bereit!«

»Und spiel deinem Herrn bloß nicht einen eurer Niggerstreiche! Man weiß ja, was ihr für ein verdammt mistiges Pack seid«, warf der Sklavenhändler verächtlich ein.

Mr. und Mrs. Shelby wollten dazwischenfahren – da richtete sich Tom zu seiner vollen Größe auf. Ohne Haley auch nur im geringsten zu beachten, sagte er mit fester Stimme: »Master, ich war acht Jahre alt, als die alte Missis Sie im Steckkissen auf meine Arme legte. ›Das ist dein junger Herr‹, sagte sie, ›gib gut acht auf ihn.« Und nun frage ich Sie, Master: Habe ich jemals mein Wort gebrochen oder gegen Ihren Befehl gehandelt?«

Mr. Shelby konnte nur stumm den Kopf schütteln, denn sein Hals war wie zugeschnürt. Er stand auf und klopfte Tom auf die Schulter. »Geh jetzt, Tom!«

Gehorsam trottete Tom aus dem Zimmer. Kurz darauf wurde endlich das Essen aufgetragen, doch es verlief ziemlich schweigsam. Selbst Haley schien jede Lust am Reden verloren zu haben. Lag seine Schweigsamkeit an den ausgezeichneten Speisen oder vielleicht doch an einem Hauch von Gewissen, den Toms Auftritt in ihm wachgerufen hatte . . .?

Es war drei Uhr, als sich Haley erneut in den Sattel

seiner Stute schwang. Sie war frisch gestriegelt und setzte sich lammfromm in Trab. Andy und Sam zwinkerten verschwörerisch in Mrs. Shelbys Richtung, bevor sie ebenfalls aufsaßen. Mit lautem »Heja« preschten sie an Haley vorbei und übernahmen die Führung: Elizas Verfolgung hatte begonnen!

Diese erreichte zur gleichen Zeit den Ohio, den Grenzfluß von Kentucky. Bis jetzt war sie ohne Pause gelaufen, Harry, der immer schwerer zu werden schien, auf dem Arm und in panischer Angst vor möglichen Verfolgern. Eliza war zu Tode erschöpft, trotzdem wollte sie durch den Fluß schwimmen. Doch als sie die Böschung hinunterstolperte, sah sie, wie sinnlos ihr Vorhaben war: Der Fluß war gefährlich angeschwollen und führte mächtige Eisschollen mit sich, die drohend aneinanderklirrten!

In ihrer Verzweiflung ging Eliza in das nahegelegene Gasthaus und fragte nach dem nächsten Fährboot. Die Wirtin schüttelte bedauernd den Kopf. »Heute nicht mehr, Miß, wär' viel zu gefährlich.« Doch als sie Elizas Erschöpfung sah, drückte sie ihr voller Mitleid einen Zimmerschlüssel in die Hand. »Nun ruhen Sie sich erst mal aus. Vielleicht führt der Fährmann ja doch noch die alten Fässer hinüber!«

Dankbar nahm Eliza an. Sie kuschelte sich an den mehr toten als lebendigen Harry und verfiel in einen unruhigen Schlaf. Es war schon finster, als sie Hufschläge hörte und aufgeschreckt zum Fenster lief. Er war es! Haley hatte sie aufgespürt!

Eliza überlegte keine Sekunde. Sie packte den schlafenden Harry und stürmte die Treppe hinunter, hinaus aus dem Gasthaus. Mit wehenden Haaren jagte sie an Haley, Andy und dem schwarzen Sam vorbei, geradewegs auf den Ohio zu.

Was dann geschah, war das reinste Wunder: Die große, rissige Eisscholle, auf die Eliza sprang, senkte sich und schwankte – doch Eliza war schon auf der nächsten Scholle – und wieder auf der nächsten . . . stolperte, glitt aus, krallte sich mit der freien Hand an das Eis und sprang erneut: unaufhaltsam dem anderen Ufer entgegen, an dem sich ihr und Harry eine hilfreiche Hand entgegenstreckte . . .

Gefesselt in die Fremde

Es war schon weit nach Mitternacht, als der schwarze Sam und Andy erschöpft, aber sehr vergnügt, zur Farm zurückkehrten. Trotz der späten Stunde stand plötzlich Mrs. Shelby im Schlafrock vor ihnen und schaute sie angstvoll fragend an. Sam legte sein Gesicht in treuherzige Falten und versuchte – wie stets seiner Herrin gegenüber – eine möglichst fromme Darstellung zu geben. »Keine Sorge, Missis, Lizzy ist mit dem Kleinen wie ein Engel über den Fluß geschwebt!«

Auch Mr. Shelby war aus dem Schlafzimmer getreten und wies die Sklaven ärgerlich zurecht: »Erzähl deiner Herrin keine solchen Lügen, du siehst doch, wie sie sich das Ganze zu Herzen nimmt!«

»Aber es stimmt«, mischte sich nun der kleine Andy ein, und vor lauter Eifer riß er seine müden Augen groß auf. »Sie is' über die Eisschollen auf die andere Seite, und ein Mann hat ihr hinaufgeholfen!«

Mrs. Shelby schwankte zwischen Ungläubigkeit und Freude. »Und weiter, was tat Haley?«

»Ach der«, winkte Sam verächtlich ab. »Sitzt noch im Gasthaus und läßt sich vollaufen. 's war recht viel für ihn: Erst die Sache mit dem Pferd, dann haben wir uns ein bißchen verirrt und zuletzt das Teufelsweib Lizzy, die ihm so knapp vor seiner Nase doch noch durch die Lappen geht . . .«

»Verirrt? Wieso habt ihr euch verirrt?« hakte Mr. Shelby mißtrauisch ein.

»Nun«, druckste Sam herum, »Master Haley wollte unbedingt den falschen Weg reiten, und dann haben wir umkehren müssen und wieder zwei, drei Stündchen Zeit verloren. Muß wohl eine Art Vorsehung gewesen sein«.

»So, Vorsehung nennst du das«, sagte Mrs. Shelby streng. »In Zukunft wirst du unterlassen, die Gäste deines Herrn derart an der Nase rumzuführen. Und nun geht in die Küche und seht zu, daß ihr etwas Ordentliches zu essen bekommt.«

Das ließen sich die beiden nicht zweimal sagen! Mit ihrem Gespür für Stimmungen wußten sie ganz genau, daß Mrs. Shelby nicht ernstlich böse war, sondern im Gegenteil von Herzen froh. Und so feierten Andy und Sam, umringt von einer rasch wachsenden Schar an schwarzen Zuhörern bis in den Morgen hinein den erfolgreichen Ausgang ihrer »Verfolgungsjagd« . . .

Zur gleichen Zeit stand in Onkel Toms Hütte eine zornige Chloe am Bügelbrett. Sie bearbeitete Toms Hemden, als gälte es, einen Weltrekord im Bügeln aufzustellen. Die Kinder schliefen noch, und Tom saß bewegungslos am Küchentisch, den Kopf schwer in die Hände gestützt.

Chloe hielt die eigene Spannung und das lastende Schweigen nicht mehr aus. Sie knallte das Bügeleisen auf den Rost und schimpfte: »Aber eine Ungerechtigkeit ist es doch! Ich mein, es schreit zum Himmel, daß du für Masters Schulden büßen mußt. Wo er dir doch mehr als einmal die Freiheit versprochen hat! Und wenn ich daran denke, wie treu du ihm gedient hast und daß er dir in all den Jahren mehr galt als deine Frau und deine Kinder . . .!«

»Chloe, wenn du mich liebhast, dann sprich nicht so!« unterbrach Tom sie beschwörend. »Vielleicht ist das der letzte Morgen, den wir beisammen sind. Und was den Master angeht: Er hat bestimmt nicht ahnen können, daß dieser Haley ihn erpressen wird. Freiwillig hätte er mich nie verkauft! Und außerdem wird er mich sicher bald zurückkaufen!«

Chloes Zorn fiel in sich zusammen wie erstickte Glut, von der ein jämmerliches Häufchen Asche bleibt. »Ach Tom, schluchzte sie, »und wenn du nur hinunter auf die Plantage mußt! Du weißt doch, daß sie die Sklaven dort zu Tode schinden. Aus dem gottlosen Süden kommt keiner mehr zurück!«

»Chloe, auch auf den Plantagen gibt es einen Gott, und es ist derselbe wie hier und überall auf dieser

Welt!« Tom stand auf und nahm seine Frau tröstend in die Arme. Zwei-, dreimal noch zuckten ihre Schultern, dann gewann ihr praktischer Verstand wieder die Oberhand. »Herrjemine, ich wollte dir ja noch ein gutes Frühstück machen. Wer weiß, wann du das nächste Mal was in den Magen kriegst!«

Im Handumdrehen hatte Chloe Toms Hemden, Hosen und sonstige Habseligkeiten in einen Korb verstaut und ein üppiges Frühstück aufgetischt. Die Kinder waren inzwischen aus dem Bett gekrochen und langten tüchtig zu. Erst als sie sahen, daß die Eltern keinen Bissen aßen, begriffen sie, daß etwas unerklärlich Schreckliches im Gange war – und das Kleinste fing herzzerreißend zu weinen an. Beinahe hätten sie das leise Klopfen gegen das Fenster überhört. »Die Missis«, flüsterte Mose, vollends verstört. Chloe murrte vor sich hin: »Die kann uns auch nicht helfen, soll schauen, wo sie bleibt!« Und mit mürrischem Gesicht schob sie der eintretenden Mrs. Shelby einen Stuhl hin.

Diese achtete gar nicht darauf, sondern blieb mit hilflos herabhängenden Armen vor der schweigenden Familie stehen. Blaß und angegriffen sah sie aus, und ihre Worte kamen nur stockend: »Tom, ich bin ... ich wollte ... ich verspreche dir ...« Und plötzlich hielt Mrs. Shelby inne und begann zu weinen.

»Gütiger Gott, nur das nicht Missis«, rief Chloe und lief um ein Taschentuch.

Doch Mrs. Shelby hatte sich bald wieder gefaßt: »Tom, ich gebe dir hiermit mein Wort, daß ich dich zurückhole, sobald das Geld zusammen ist!« sagte sie feierlich und wandte sich dann rasch der Tür zu. Diese wurde in diesem Augenblick von außen aufgestoßen. Haley steckte seinen struppigen Kopf herein und schrie: »Nigger, bist du fertig?«

Als er Mrs. Shelby erkannte, zuckte er zurück und entschloß sich, doch besser draußen auf Tom zu warten – obwohl er sich auch dort nicht sehr behaglich fühlte. Denn um den zweirädrigen Karren des Händlers hatten sich alle Sklaven der Farm versammelt und standen stumm da – wie eine schwarze Mauer.

Lange mußte Haley jedoch nicht warten: Tom umarmte Frau und Kinder, dann nahm er den Korb und trat vor die Hütte. Chloe, die Kinder und Mrs. Shelby folgten ihm. Vor dem Wagen blieb er kurz stehen und sah sich noch einmal um, als wollte er sich das Bild auf ewig ins Gedächtnis einprägen.

»Los, steig ein!« befahl Haley ungeduldig. Tom gehorchte – doch kaum saß er auf der harten Sitzbank, griff Haley darunter und holte ein Paar Fußeisen hervor!

Ein entrüstetes Raunen ging durch die Menge. Chloe traf es bis ins Mark: Der Teufel von Sklavenhändler würde doch nicht etwa . . . !

Doch er tat es. Mit geübtem Handgriff schloß Haley die eisernen Fesseln um Toms Knöchel, wuchtete seinen massigen Körper auf den Karren und gab den Pferden die Peitsche. Gerade noch konnte Tom rufen: »Grüßt Master Robert von mir, und sagt ihm, daß ich weiterhin fleißig das Schreiben üben werde!«

Dann holperte der Wagen davon, wurde klein und kleiner, bis er den Winkenden nur noch als schwarzes Pünktchen in der kargen Winterlandschaft erschien . . .

Schweigend saß Tom neben seinem neuen Besitzer. Im Vorüberfahren nahm er Abschied von jedem

Baum, jeder Hütte und jeder Wegbiegung – von all den Plätzen, die ihm seit seiner Kindheit so sehr vertraut waren. Tiefe Traurigkeit überkam ihn – besonders aber schmerzte ihn, daß er den jungen Master Robert nicht mehr gesehen hatte! Denn Robert war von seinen Eltern zu Besuch auf eine Nachbarfarm geschickt worden und ahnte nicht das geringste von Toms Verkauf.

Der Wagen erreichte die Grenze von Shelbys Gut und rollte unaufhaltsam der Fremde entgegen. In seinem Kummer war Tom wenigstens dankbar, daß Haley nicht sonderlich gesprächig war. So konnte er

in Ruhe seinen Gedanken nachhängen und mußte nicht ständig »Ja, Master« oder »Nein, Master« sagen. Nach ein paar Meilen hielt Haley bei einer Schmiede. Er stieg ab, nahm ein paar Handfesseln aus dem Wagen und ging mit Tom zur Werkstatt.

»Die sind ein bißchen zu eng für seine Knochen«, Haley zeigte auf die Eisen. Dann wurde Tom wieder hinausgeschickt.

Als Tom so vor der Werkstatt wartete, hörte er plötzlich Pferdegetrappel. Ein Reiter sprengte heran und hielt so scharf vor der Schmiede an, daß eine gewaltige Staubwolke hochstieg. Tom blieb vor Freude fast das Herz stehen, als er den Reiter erkannte: Es war Robert!

Er sprang vom Pferd und stürzte mit ausgestreckten Armen auf Tom zu. »So eine Gemeinheit!« schrie Robert und fiel Tom um den Hals. »Wenn ich groß wäre, hätte mein Vater das niemals tun dürfen, Tom, du kannst mir glauben, ich hätt's ihm ganz einfach verboten!«

Sanft löste Tom den Knaben von seinem Hals und stellte ihn wieder auf die Beine. Dabei bemerkte Robert die Fußeisen und wurde weiß wie ein Bettlaken. »So ein Schuft«, stammelte er, »am liebsten würde ich diesen Kerl zusammenschlagen. Wenn ich nur bald erwachsen wäre und dir helfen könnte!« Tom strich ihm zärtlich übers Haar. »Mit Prügeln hilfst du sicher keinem Menschen. Aber daß du gekommen bist, daß ich dich noch einmal sehe – das hilft mir, weil es mein Herz leichter macht!«

Roberts Gesicht hellte sich auf. »Halt deinen Kopf nach unten, Onkel Tom. Ich hab dir was mitgebracht.«

Tom tat, wie ihm geheißen wurde. Er fühlte etwas Kühles, Rundes auf der Brust, das auf beruhigende Weise wohl tat.

»Es ist ein Dollar. Ich habe ein Loch hineingebohrt, damit du ihn um den Hals tragen kannst. Er soll dich immer daran erinnern, daß ich dich zurückkaufen werde, so wahr ich Robert Shelby heiße.« Mit diesen Worten schwang sich der Junge auf sein Pferd, stieß ein ersticktes Lebewohl hervor und sprengte davon.

Während Haley im Hinterraum saß und zeitunglesend auf die Handschellen wartete, hatte der Schmied von seinem Werkstattfenster aus die Szene beobachtet. Er hatte Tom ein Leben lang gekannt und war über das Benehmen des Fremden zutiefst empört. »Diesen Haley werd ich lehren, einen so gutmütigen Kerl wie Shelbys Tom anzuketten wie ein Vieh«, murmelte er vor sich hin. Und als das Feuer so richtig rot glühte, setzte er die Zange an die Fesseln und dehnte sie so weit, daß Tom mit Leichtigkeit hinausschlüpfen konnte … Und daß Haley fluchen würde wie ein Toller, freute den Schmied schon jetzt!

Ein gerettetes Kind
wird zum rettenden Engel

Nur wer je den Mississippi hinuntergefahren ist, kann sich die glitzernde Weite dieses Stromes vorstellen. Besonders wenn die Sonne wie ein blutroter Ball untergeht, scheinen die Ufer mit dem Schilfrohr und den moosbehangenen Zypressen zurückzutreten – und man glaubt, auf dem unendlichen Ozean zu sein.

Tom hockte inmitten von Baumwollballen auf dem obersten Deck des Dampfers und hing in dem an-brechenden Abend seinen Gedanken nach. Es waren schon viele Tage und Nächte vergangen, seit er von der Heimat hatte Abschied nehmen müssen. Haley ließ ihn mittlerweile ohne Fesseln herumgehen. Er hatte wohl eingesehen, daß Tom nichts ferner lag, als davonzulaufen.

Zudem war Haley viel zu beschäftigt gewesen, um jede Sekunde ein argwöhnisches Auge auf Tom zu werfen. Er hatte alle paar Meilen den Wagen ange-

halten, um bei Versteigerungen oder auf Märkten einen Trupp Sklaven zusammenzukaufen. Nun war seine »Ware« komplett – und Haley freute sich jetzt schon auf die nette Summe, die ihm die Sklaven in New Orleans einbringen würden . . .

Doch trotz allen Profits dachte der Sklavenhändler immer öfter daran, sein Geschäft endgültig an den Nagel zu hängen. Das Geschrei der Frauen, denen man ihre Kinder oder Männer wegkaufte, zerrte ordentlich an seinen Nerven. »Dieses eine Mal noch«, murmelte er bisweilen vor sich hin. In den langen Pausen jedoch, die ihm sein Gewissen ließ, stapfte er betrunken auf dem Schiff herum und prahlte den Passagieren die Ohren voll: »Haley weiß genau, wie man Nigger zu behandeln hat. Sie sind wie die Tiere und vergessen schnell jeden Seelenschmerz, wenn man sie richtig ablenkt!«

Indessen stampfte der Dampfer träge den Mississippi hinunter, der unter den Sklaven nur der »Strom der Tränen« genannt wurde. Denn das glitzernde Wasserband führte unerbittlich in den Süden, wo die gefürchteten Plantagen lagen . . .

Während an den Ufern die ersten langgestreckten Baracken der schwarzen Arbeiter auftauchten, die sich krumm über die Baumwollfelder beugten, flogen Toms Gedanken zurück: Er sah seine von Blumen umgebene Hütte, in der Chloe schwatzend am Herd stand, hörte das Lachen der spielenden Kinder, roch den Duft der blühenden Buchen, die schattenspendend um die Farm der Shelbys wuchsen . . .

Auf dem Dampfer befand sich ein junger, wohlhabender Mann aus New Orleans namens Augustine St. Clare. Er war in Begleitung seiner etwa sechsjährigen Tochter und einer streng dreinblickenden Dame, seiner ältlichen Kusine. Offenbar kümmerte sich Kusine Ophelia um das kleine Mädchen, was gar nicht so einfach war.

Denn die kleine Evangeline lief den ganzen Tag auf dem riesigen Schiff herum. Ständig sah man ihre blonden Locken irgendwo auftauchen – besonders häufig aber hielt sie sich in der Nähe der angeketteten Sklaven auf. Sie sah verwirrt und bekümmert auf die dumpf vor sich hin starrenden Menschen, manchmal trat sie auch näher und hob mit ihren kleinen Händen prüfend eine der schweren Ketten hoch. Dann seufzte sie tief, lief davon und kam mit Nüssen und Süßigkeiten wieder, die sie an die Sklaven verteilte.

Tom beobachtete das Mädchen, seit er es zum ersten Mal gesehen hatte. Es gefiel ihm, und er hätte gerne mit ihm gesprochen. Als er begriff, wie schüchtern das Kind trotz seiner Geschäftigkeit war, beschloß er, die Sache behutsam anzugehen. Aus Nußschalen fertigte er lustige Koboldgesichter, die er bei jeder Gelegenheit aus seinen Taschen herausschauen ließ. Als er schließlich gar ein kleines Männchen aus Holundermark herausschnitt, war Evangelines Schüchternheit endgültig besiegt.

Sie ging geradewegs auf Tom zu, baute sich vor ihm auf und fragte: »Ich bin Evangeline, und wer bist du?«

»Ich heiße Tom. Aber die Kinder in Kentucky haben immer Onkel Tom zu mir gesagt. Und auch der Sohn meines vorigen Masters hat mich so genannt.«

»Dann will ich dich auch so nennen. Onkel Tom. Und du darfst Eva zu mir sagen. Wohin fährst du, Onkel Tom?«

»Das weiß ich nicht, Miß Eva.«

»Was, du weißt nicht, wohin du fährst? Wieso weißt du das nicht?«

»Ich soll da unten verkauft werden und habe keine Ahnung, an wen.«

Mit ihren großen, blauen Augen schaute Eva ernst zu Tom auf.

»Ich weiß was«, rief sie, »mein Papa soll dich kaufen. Dann hast du's gut. Ich frage ihn – gleich heute abend beim Essen!«

Tom lächelte. »Danke, kleine Lady. Und nun, wollen wir nicht ein paar Männchen für deine Freunde schnitzen?«

Den ganzen Nachmittag über hockten der schwarze Mann und das kleine Mädchen beisammen. Tom zauberte ein Wunderding nach dem anderen aus Nuß- und Kirschkernen.

Erst als das Schiff gegen Abend an einem Landeplatz anlegte, sprang Eva auf und an die Reling, um beim Entladen zuzusehen. Dabei beugte sie sich zu weit hinaus und verlor das Gleichgewicht, Sekunden später versank der kleine Körper im Wasser.

Für Tom gab es nichts zu überlegen:

Rasch bekam er die Kleine zu fassen und schwamm zum Schiff zurück, wo sich ihnen schon hilfreiche Hände entgegenstreckten. Tom hob das triefende Kind hinauf und kletterte dann an einem heruntergelassenen Seil wieder an Bord. Halb wahnsinnig vor Sorge trug Mr. St. Clare seine bewußtlose Tochter in die Kajüte. Und während sich das Deck mit neugierigen Passagieren füllte, die das Ereignis in immer neuen Varianten von den Augenzeugen geschildert bekamen, trollte sich Tom zu den Baumwollballen. Die nassen Kleider trockneten rasch im Fahrtwind, und beim Licht des aufgehenden Vollmonds las Tom noch ein paar Seiten in der Bibel ...

Der nächste Tag war grau und trüb. Das Schiff näherte sich New Orleans, und an Bord herrschte geschäftige Unruhe. Tom stand breitbeinig am unteren Deck und schielte verstohlen zu St. Clare hinüber, der mit Eva bei Haley stand und mit spöttischem Lächeln dem Redeschwall des Händlers zuhörte.

»Kurz – der Mann ist der beste, klügste und fleißigste Schwarze, der je auf Erden wandelte«, faßte St. Clare Haleys Anpreisungen schließlich zusammen. »Also, Haley, was macht der Schaden, wie man in Kentucky sagt? Wieviel gedenken Sie mir abzuknöpfen?«

»Nun, mit dreizehnhundert wären meine Kosten gerade knapp gedeckt ...« murmelte Haley mit verschlagenem Blick auf die gezückte Geldbörse St. Clares.

»Ach, Sie Armer! So billig? Und das wahrscheinlich aus reinstem Edelmut«, spöttelte St. Clare. Doch als ihn die blasse Eva bittend am Ärmel zupfte, zählte er ohne ein weiteres Wort den geforderten Betrag in die Hand des Sklavenhändlers. Dann drehte er ihm verächtlich den Rücken und trat mit seiner Tochter zu dem verlegen dastehenden Tom.

»Nun«, sagte er freundlich und hob mit einem Zeigefinger Toms herabgesunkenes Kinn. »Kopf hoch, wie gefällt dir dein neuer Herr?«

Tom blickte in dieses unbekümmerte junge Gesicht und fühlte Glück in sich aufsteigen. »Gott segne Sie, Master!« sagte er mit fester Stimme.

»Na, na, wer wird denn gleich so feierlich sein«, lächelte St. Clare. »Kannst du mit Pferden umgehen?«

»Ich habe immer mit Pferden zu tun gehabt.«

»Gut, dann wirst du mein neuer Kutscher sein – aber nur unter der Bedingung, daß du nicht öfter als einmal die Woche betrunken bist.«

»Ich trinke niemals, Master!« wehrte Tom gekränkt ab.

»Nun, wir werden sehen, Tom«, sagte St. Clare leichthin. »Und jetzt beeil dich, hol deine Sachen!«

»Papa macht sich zwar über alles lustig, aber er ist der beste Master auf der Welt!« rief Eva dem davoneilenden Tom nach. Und ihre Worte wurden vom lauten Tuten des Dampfers unterstrichen, der soeben in den Hafen von New Orleans einlief.

Ein neues Zuhause

Wie schnell kann sich doch alles ändern: Noch vor drei Stunden hatte Tom geglaubt, daß ihn Haley als Plantagenarbeiter versteigern lassen würde – und nun saß er wie ein feiner Herr auf dem Kutschbock eines Wagens, der vor einem wahren Märchenpalast zum Stehen kam! Die marmorweißen Mauern des St.-Clare'schen Hauses waren von schlanken Säulen gestützt, und die hohen Fenster oben mit Holzornamenten in fremdartigem Muster geschmückt. In dem quadratischen Innenhof wuchsen um einen Springbrunnen herum üppig grüne Palmen, blühende Orangenbäume, Jasminsträucher und Rosenbüsche, die einen betörenden Duft verströmten.

Kaum war das Knirschen der Räder auf dem Kies verklungen, als von allen Seiten eine buntgekleidete Schar Schwarzer herbeilief und ehrerbietig, aber mit unübersehbarer Neugier Aufstellung nahm. So wunderschön es hier auch war, unter all den fremden Augenpaaren wurde es Tom doch ein wenig bang. Ein herausgeputzter junger Mulatte holte gar ein Fernglas aus seiner Weste und musterte damit den Neuankömmling von oben bis unten.

»Steck das Glas weg, Adolph! Der Neue ist zwei solche wert, wie du einer bist«, tadelte St. Clare, der Toms Verlegenheit bemerkte. »Und übrigens: Ist das nicht meine Weste?«

Der mit Adolph angesprochene Mulatte beteuerte: »Oh, Master, die Weste war voller Weinflecke. Sie, als Gentleman, hätten sich damit ja schämen müssen!«

»So, so«, sagte St. Clare gleichgültig, »jetzt hilf aber Miß Eva und der Dame aus der Kutsche heraus.«

Adolph scheuchte die noch immer herumstehenden Sklaven beiseite und stolzierte zum Wagenschlag. Der kleinen Miß mußte er jedoch nicht helfen: Wie ein Wirbelwind fegte Eva bereits über den Hof und jubelte: »Hallo, unser wunderschönes Haus! Hallo, ihr alle zusammen, wir sind wieder da!«

Fehlte nur noch Miß Ophelia. Sie raffte ihre Röcke und setzte den Fuß aufs Trittbrett. Als ihr Adolph stützend unter den Ellbogen griff, verzog sie das Gesicht, als müßte sie in eine saure Gurke beißen. Miß Ophelia haßte es, berührt zu werden, insbesondere von einem Schwarzen. Zudem fühlte sie auch sonst leises Unbehagen, denn in Kürze würde sie Marie, die kranke Frau ihres Cousins, kennenlernen. Und nach den Erzählungen St. Clares war sie sich keineswegs sicher, ob sie Marie mögen würde . . .

Marie St. Clare lag im abgedunkelten Wohnzimmer auf dem Sofa. Sie blickte den Ankömmlingen mit leidender Miene entgegen. Als ihr Eva stürmisch an den Hals flog und sie wieder und wieder küßte, stöhnte sie: »Ist ja schon gut, mein Kind . . . jetzt aber genug. Ich habe Migräne!«

St. Clare zuckte zusammen. Doch rasch hatte er sich wieder gefaßt und begrüßte seine Frau mit einem flüchtigen Kuß auf die bleiche Stirn: »Liebe Marie, als Trost für meine lange Abwesenheit habe ich gleich zwei Überraschungen mitgebracht: Kusine Ophelia und einen neuen Kutscher für dich.«

Marie richtete sich halb auf und gab Miß Ophelia betont gelangweilt die Hand. Den armen Tom, der ganz nervös daneben stand, ignorierte sie.

»Ich habe meine Kusine dazu überreden können, dir beim Haushalt und bei der Erziehung unseres Wildfangs unter die Arme zu greifen«, fuhr Mr. St. Clare fort. »Und das ist Tom, dein neuer Kutscher!«

Marie betrachtete Tom mit halbgeschlossenen Augen. »Er wird sicher ständig betrunken sein«, meinte sie mit einem Achselzucken, dann sank sie ermattet auf das Sofa zurück.

Könnte man mit schwarzer Hautfarbe rot werden, so wäre Tom wohl röter als eine Tomate angelaufen! Eva erlöste ihn aus seiner mißlichen Lage, indem sie leise fragte: »Papa, darf ich Tom alles zeigen?«

»Gut«, nickte St. Clare, »aber dann bring ihn zu Adolph, damit ihm der seine künftige Arbeit erklärt.«

Eva zog Tom an der Hand hinaus. Vor der offenen Türe hatten sich die Haussklaven erwartungsvoll zusammengedrängt, allen voran eine mächtig dicke Mulattin mit kunstvoll hochgetürmtem Turban.

»Mammy!« rief Eva, ließ Toms Hand los und warf sich in die weitgeöffneten Arme der Schwarzen. Diese lachte und weinte gleichzeitig vor Wiedersehensfreude, und eines war sicher: die dicke Mammy würde von Evas stürmischen Küssen keine Kopfschmerzen bekommen.

Stumm beobachteten die Erwachsenen vom Wohnzimmer aus diese Begrüßung. St. Clare trat hinaus, reichte jedem Schwarzen die Hand und steckte ihnen dabei etwas Geld zu. »Jetzt verschwindet aber«, sagte er dann und schloß mit einem Ruck die Flügeltür. »So meine Lieben«, wandte er sich zu Marie und Miß Ophelia, »ich denke, ihr solltet euch näher kennenlernen. Gehen wir in den kleinen Salon?«

Widerstrebend stand Marie auf. »Ach, mein armer Kopf«, stöhnte sie. »Niemals nimmt Augustine Rücksicht auf meine Migräne!« Im Salon angelangt, griff sie nach einer kleinen Silberglocke und klingelte. Augenblicklich steckte Mammy den Kopf zur Tür herein und nahm Maries Befehle entgegen.

»Mammy wird auch immer rücksichtsloser und egoistischer«, nahm Marie den Faden wieder auf. »Jede Nacht schläft sie wie ein Murmeltier, obwohl ich sie brauche, wenn ich meine Anfälle habe. Es kostet mich jedesmal große Anstrengung, sie wachzukriegen.«

»Könntest du nicht hin und wieder eine andere Dienerin wecken und Mammy durchschlafen lassen?« fragte St. Clare ungerührt.

Marie wehrte entrüstet ab: »Du weißt genau, wie angegriffen meine Nerven sind. Eine fremde Hand würde mich noch kränker machen!«

Miß Ophelia konnte nur noch staunen. Seit ihrer Ankunft hatte sie nichts als Befremdliches erlebt. Auf was, um alles in der Welt, hatte sie sich hier bloß eingelassen? Diese ekelhaft wehleidige Marie, der unbekümmerte, ständig spottende St. Clare, das

38

temperamentvolle und gleichzeitig so empfindsame Kind sowie der offenbar nach Strich und Faden verwöhnte Sklavenhaufen ... all dies zusammen verwirrte Miß Ophelia ungemein. Sie war an strenge Ordnung gewöhnt, doch im Hause ihres Cousins schien alles drunter und drüber zu gehen.

Miß Ophelia aber war nicht der Mensch, sich von Schwierigkeiten entmutigen zu lassen. Sie wollte gerade den Mund aufmachen, um einige praktische Dinge bezüglich Haushaltsführung anzuschneiden, als vom Hof heiteres Lachen ertönte.

St. Clare ging zum Fenster, schob den Vorhang zurück und lachte ebenfalls. »Komm, Cousine, das mußt du dir anschauen!« rief er.

Miß Ophelia trat neben ihn, doch als sie den Grund für seine Erheiterung sah, bekam ihr Gesicht wieder den Ausdruck der sauren Gurke.

Tom saß auf der Bank neben dem Springbrunnen. Er sah aus wie ein wandelnder Blumenstock. In jedes Knopfloch seines Hemdes hatte Eva eine Jasminblüte gesteckt, und sie war gerade dabei, einen Blütenkranz um seinen Hals zu legen. Wie ein Kätzchen kletterte sie auf ihm herum und kicherte dabei: »Oh, Tom, du siehst aber komisch aus!«

»Wie kannst du das nur dulden?« fragte Miß Ophelia ihren Cousin und drehte sich heftig vom Fenster weg.

»Was meinst du?« fragte dieser erstaunt.

»Nun, die ganze Küsserei und Vertraulichkeit mit einem Sklaven. Irgendwie kommt mir das sehr unpassend vor!«

»Ach, daher weht der Wind«, spottete St. Clare. »Wenn Eva einen schwarzen Hund streicheln würde, fändest du das völlig in Ordnung, nicht wahr? Aber kaum berührt sie einen schwarzen Menschen, der doch ein denkendes und fühlendes Wesen ist wie du und ich, da schaudert's dich! Habe ich nicht recht, Cousine?«

Miß Ophelia preßte die Lippen zusammen und starrte stumm auf Marie, die mit geschlossenen Augen auf das Sofa zurückgesunken war. Doch dann murmelte sie: »Vielleicht ist etwas Wahres dran, Augustine ...«

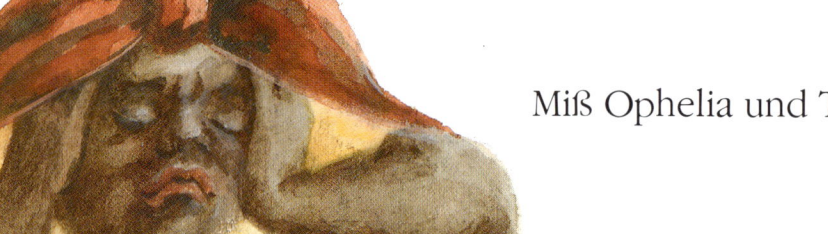

Miß Ophelia und Topsy

Am nächsten Morgen stand Miß Ophelia bereits um vier Uhr morgens auf. Die verwirrenden Eindrücke des vergangenen Tages hatten für sie zu der Überzeugung geführt, daß diesem verwahrlosten Haushalt einzig ein strenges Regiment helfen könne. Um einen klugen Schlachtplan zu entwickeln, mußte sie sich allerdings zuerst mit den Gegebenheiten vertraut machen.

Also wanderte Miß Ophelia mit klirrendem Schlüsselbund durch Speise- und Vorratskammern, Bügelzimmer, Waschküche und Keller. Sie notierte jede Schlamperei – um später die dafür verantwortliche Dienerin streng zurechtweisen zu können. Das »Sündenregister« umfaßte bereits zehn Seiten ihres Notizheftes, als sie gegen elf Uhr die Küche betrat. An der Schwelle fuhr sie zurück, als hätte sie den Leibhaftigen gesehen: Die kohlrabenschwarze Köchin Dinah saß auf dem Küchenboden und rauchte genüßlich eine Stummelpfeife. Um sie herum hockten schwatzend ihre Gehilfen, schälten Kartoffeln, rupften Geflügel, lösten Erbsen aus – die Vorbereitungen für das Mittagessen waren in vollem Gange. An und für sich ein normaler Vorgang, doch daß die Mahlzeiten auf dem Fußboden zubereitet wurden, das ließ Miß Ophelia fast in Ohnmacht fallen!

Trotzdem biß sie die Zähne zusammen und beschloß, sich nichts anmerken zu lassen. Zuerst wollte sie ihre Inspektion der Schränke und Laden fortsetzen, um dann praktische Maßnahmen zu ergreifen. Gleich aus dem ersten Schrank zog Miß Ophelia ein blutbeflecktes Damasttischtuch.

»Was soll das sein, Dinah?« fragte sie entsetzt. Dinah blieb unbeweglich. »Leider Missis, 's war gerade kein Handtuch in der Nähe, und da mußte ich das Tischtuch nehmen, um das rohe Fleisch abzutupfen.«

Miß Ophelia legte das Tischtuch heraus, machte sich eine Notiz und kramte weiter. Kaum hatte sie Dinah den Rücken gekehrt, als diese eine wütende Gri-

masse schnitt: Diese Lady aus dem Norden würde ihr noch alles durcheinanderbringen!

Miß Ophelia klaubte Muskatnüsse, ein Gesangbuch, schmutzige Taschentücher, Tabak, Lockenwickler, Zwieback und zerrissene Papiertüten aus einer Lade und fragte: »Wozu dient diese Lade eigentlich?«

Dinahs Gesicht blieb ausdruckslos: »Nun, für die Muskatnüsse. Ist wohl was dazugerutscht.«

Miß Ophelia legte ihre Funde zum Tischtuch, notierte wieder etwas in ihr Notizbuch und zog die nächste Lade auf, während Dinah hinter ihr die nächste Grimasse schnitt . . .

In dieser Reihenfolge ging das bis in den frühen Nachmittag weiter. Der Haufen mit dem Krimskrams, den Miß Ophelia unerbittlich ans Licht gefördert hatte, war zu beachtlicher Höhe angewachsen. Im Notizheft war keine Seite mehr frei. Die kleinen und großen Küchengehilfen waren an all dem verschluckten Gekicher schon fast erstickt . . . und Miß Ophelia, nun Miß Ophelia hatte genug!

Sie warf ihr Notizheft auf den Haufen von Krimskrams, beschloß ihren Schlachtplan zu vergessen und krempelte die Ärmel hoch. »Ich werde jetzt alles in Ordnung bringen«, sagte sie streng. »Und diese Ordnung bleibt: ein für allemal!«

Dinahs Miene drückte klar und deutlich aus, daß sie und ihre Küchengemeinschaft jede Mithilfe bei der Wahrung dieser Ordnung verweigern würden!

In den nächsten Tagen räumte Miß Ophelia tatkräftig das ganze Haus nach ihren Vorstellungen um. Doch als sie auch die letzte Schlamperei beseitigt glaubte, zog sie zufällig die Muskatlade auf – und fand neben dem Reibeisen ein Tiegelchen Pomade . . .

Verzweifelt wandte sich Miß Ophelia an ihren Cousin: »Ist es möglich, in diese liederliche Wirtschaft auch nur die Idee einer Ordnung zu bringen?«

St. Clare lächelte: »Mit Todsicherheit nicht, so wie ich meine Leute kenne!«

»Und du kannst all diese Schlamperei einfach so ruhig mitansehen? Außerdem hege ich den Verdacht, daß deine Dienstboten nicht ganz ehrlich sind!«

Jetzt brach St. Clare in schallendes Gelächter aus. »Aber Cousine, du bist einmalig! Erstens ist mir Dinahs Schlamperei ziemlich egal, solange sie so köstliche Mahlzeiten zustande bringt. Und zweitens stehlen meine Diener natürlich wie die Raben! Wie könnten sie auch anders, wo doch ein schwarzes Kind schon von klein auf lernt, daß nur die krummen Wege zum Ziel führen? Wenn es keine Tricks anwenden würde, hätte es nur Nachteile in diesem Leben: Arbeit, Prügel, Pflichten. Nein wirklich, es gibt keinen guten Grund für einen Sklaven, ehrlich zu sein. So einen Burschen wie Tom kann man nur als Wunder bezeichnen!«

An dieser Stelle wurde St. Clares ungewohnt ernste Rede von der Klingel unterbrochen. Es war Essenszeit, und Miß Ophelia legte Wert darauf, pünktlich zu Tisch zu erscheinen. Doch sie nahm sich vor, dieses Gespräch bei Gelegenheit fortzusetzen, um ihre pädagogischen Ansichten darzulegen. Denn daß man auch Sklaven zur Ehrlichkeit erziehen könne, davon war sie felsenfest überzeugt!

Wie war es in der Zwischenzeit Onkel Tom ergangen? Daß sein neuer Herr ihn als Wunder bezeichnet hatte, kam nicht von ungefähr. St. Clare hatte bisher die Verwaltung des Hauses dem scheinbar so dienstbeflissenen Adolph überlassen – und dieser war in Gelddingen ebenso verschwenderisch wie sein Herr.

Aus einer Laune heraus hatte St. Clare Tom einmal zum Einkaufen geschickt und war verblüfft, wie wenig Geld für eine ganze Wagenladung Ware dieser ausgegeben hatte. Binnen kürzester Zeit vertraute er Tom so völlig, daß er ihm alle Einkäufe übertrug. Natürlich hatte Adolph protestiert. Aber St. Clare sagte: »Laß es gut sein. Du weißt nämlich nur, was du brauchst – während Tom auch daran denkt, was die Dinge kosten. So bleibt mein Geld hübsch zusammen, nicht zuletzt auch zu deinem Vorteil!«

Tom hatte sich rasch eingewöhnt, denn die Aufgabe der Gutsverwaltung war ihm von den Shelbys her vertraut. An seinem neuen Herrn hing er mit einer Mischung aus kindlicher Treue und väterlicher Besorgnis. Denn Tom entging keineswegs, daß St. Clare einfach in den Tag hinein lebte und allzuoft auf Gesellschaften ging, wo reichlich Alkohol getrunken wurde. Mehr als einmal mußten ihn Tom

und Adolph spätnachts ins Bett tragen, weil er kaum mehr gehen konnte.

In solchen Nächten fand Onkel Tom lange keinen Schlaf. Er saß in seiner Kammer und betete, Gott im Himmel möge seinen Master bekehren. Denn daß St. Clare zwar gut gegen die anderen, aber schlecht gegen sich selbst war, sah Tom als große Sünde an. Miß Ophelia dachte in zweierlei Hinsicht ähnlich wie Tom: Auch sie hielt ihren Cousin für einen gottlosen Menschen, und auch sie wollte ihn bekehren. Nur anders: Sie versuchte es mit endlosen Gesprächen, in die sie St. Clare verwickelte.

Oft sah man Cousin und Cousine nach dem Tee durch den Garten wandern und über Gott und die Welt, über Schwarz und Weiß, über Sklaverei und Freiheit sprechen. Neben ihrem Lieblingsthema, daß auch Sklaven mit Disziplin und Strenge zu Christenmenschen zu erziehen seien, beschäftigte Miß Ophelia seit einigen Tagen besonders ein Vorfall: Auf dem Nachbargut war eine Sklavin totgepeitscht worden, weil sie, vermutlich aus Verzweiflung über ihr Leben, ständig zur Flasche gegriffen hatte.

»Das mußte ja so kommen«, sagte St. Clare ungerührt.

»Was, du hast das erwartet und nichts dagegen unternommen?« stieß Miß Ophelia entsetzt hervor.

»Ich hätte nichts daran ändern können. Nach dem Gesetz haben die Weißen die uneingeschränkte Macht über ihre Sklaven, und ein gewalttätiger Herr übt manchmal seine Macht damit aus, daß er einen armen Teufel zu Tode peitschen läßt. Am besten ist, man verschließt die Augen und Ohren und mischt sich nicht ein. Es wäre völlig sinnlos.«

»Aber wenn jeder so denkt wie du, wird sich niemals etwas ändern! Du weißt, Augustine, daß ich die Schwarzen nicht gerade liebe. Doch dieses unmenschliche System der Sklaverei finde ich zutiefst verurteilenswert.«

St. Clare wirkte plötzlich sehr ernst und sehr müde. »Verurteilen ist zu wenig, liebe Ophelia. Glaub mir, auch ich hasse die Sklaverei aus tiefster Seele. Vielleicht sogar mehr als du! Doch ich bin zu weich, zu bequem, um irgendetwas daran zu ändern.«

Er starrte lange auf den Sprühregen des Springbrunnens, der sich mit fröhlichem Plätschern ins Wasserbecken ergoß. Doch dann huschte wieder das übliche spöttische Lächeln über sein Gesicht: »Aber wer weiß, Cousine«, sagte er beinahe fröhlich. »Vielleicht schaffst du es mit deiner Disziplin und Charakterfestigkeit, an alldem ein winziges bißchen zu ändern. Die gute Tat würde gewissermaßen in der Familie bleiben!«

Eine Woche nach diesem Gespräch klopfte St. Clare an Miß Ophelias Zimmertür. »Cousine, ich habe eine Überraschung für dich!«

Miß Ophelia kam mit einer Näharbeit in der Hand heraus.

St. Clare schob ihr ein widerstrebendes schwarzes Etwas entgegen, das sich bei näherem Hinsehen als etwa achtjähriges Mädchen entpuppte. Das Kind hatte runde, auffallend helle Augen, die unaufhörlich

im Zimmer herumwanderten. Ihr Kraushaar stand in unzähligen Zöpfchen kreuz und quer vom Kopf ab. Der schmächtige Körper steckte in einem zerrissenen Kleid aus Sackleinwand. Alles in allem sah das Mädchen wie ein kleiner Kobold aus, gleichzeitg schlau, verschlagen und traurig.

»Sie heißt Topsy und gehört dir«, sagte St. Clare.

»Um Himmels willen, Augustine, was soll ich mit diesem Geschöpf anfangen?«

»Nun, erziehen natürlich! Bring ihr bei, was deiner Meinung nach gut und richtig ist. So kannst du deinen Beitrag zur Menschlichkeit leisten.«

Miß Ophelia schluckte. Damit hatte sie nicht gerechnet. Aber sie konnte nicht gut ablehnen, denn schließlich hatte sie ja oft genug gepredigt, daß mit der rechten Erziehung alles Übel aus der Welt zu schaffen sei! Sie straffte die Schultern. »Nun gut, ich will's versuchen. Und sei's auch nur, um dir dein schadenfrohes Grinsen auszutreiben.«

St. Clares jungenhaftes Gesicht wurde noch fröhlicher. »Hab ich's doch gewußt! Aber sei nicht allzu streng mit der Kleinen. Ihre ewig betrunkenen Eltern haben sie jeden Tag windelweich geschlagen.«

Ophelia seufzte. Und dann begann sie mit der Erziehung. Das bedeutete, daß Topsy zunächst in einen Zuber gesteckt und von oben bis unten abgeschrubbt wurde. Als die Kleine, nach Seife duftend, neu eingekleidet war, nahm Miß Ophelia sie ins Gebet: »Hat dir einmal jemand von Gott erzählt, Topsy?«

Das Kind riß erstaunt die Augen auf. Ophelia half nach: »Weißt du, wer dich erschaffen hat?«

»Aber niemand doch«, lachte Topsy, und ihre Augen funkelten wie die eines Kobolds. »Ich bin ganz einfach dagewesen, Missis, und dann gewachsen!« Und sie hüpfte plötzlich vor den Spiegel, streckte sich selbst die Zunge heraus und begann – wie ein schwarzgeschminkter Clown – Gesichter zu schneiden.

Das war der erste Rückschlag in Miß Ophelias Erziehungsversuchen – und es sollten noch viele weitere folgen:

Miß Ophelia erklärte der Kleinen stundenlang, warum Stehlen eine Sünde sei – und ertappte sie Minuten später mit geklauten Handschuhen und einem Seidenband. Sie brachte ihr die hohe Kunst des Bettenmachens bei – und mußte Tage später schreckensstarr mitansehen, wie Topsy im Schlafzimmer eine Kissen- und Federschlacht vollführte. Sie bleute dem Kind die Regeln der Artigkeit ein – und erfuhr von allen Seiten, welch listige Streiche das Mädchen jedem spielte. Sie verdonnerte Topsy zu Näharbeiten – und verzweifelte fast an all den Nadeln, die das Kind zerbrach oder in Mauerritzen versteckte. Was Miß Ophelia auch anstellte, an Topsy schien jeder Erziehungsversuch abzuprallen wie ein Guimmiball von einer glatten Wand!

Am allermeisten aber kränkte Miß Ophelia, daß die Kleine bei jeder aufgedeckten Sünde nach Strich und Faden log. »Was soll ich denn bloß noch alles versuchen«, klagte sie ihrem Cousin. »Ich muß sie wohl schlagen, damit ich mit ihr fertig werde!«

»Schlag sie nur, wenn du glaubst, damit Erfolg zu haben«, entgegnete St. Clare. »Aber bedenke eines: Topsy wurde schon mit allem geschlagen – dem Besenstiel, dem Schürhaken, einem Stuhlbein und so fort. Du wirst also ziemlich fest zuschlagen müssen, um Eindruck auf sie zu machen.«

Trotz der Warnung ihres Cousins griff die verzweifelte Miß Ophelia eines Tages zu diesem Erziehungsmittel. Letztlich hatte einer von Topsys Streichen ihre Geduld endgültig zum Reißen gebracht – sie hob die Hand und schlug mit aller Kraft zu.

O ja, Topsy schrie, stöhnte, jammerte und flehte, schwor hoch und heilig Besserung für alle Zeiten ...

doch zehn Minuten später saß sie quietschvergnügt im Hof und erzählte einer Schar ehrfürchtig staunender Kinder von ihrer Züchtigung: »Pah, Miß Feely hat keine Ahnung vom Schlagen, ihre Hand is' ja viel zu weich. Da hättet ihr meinen Alten sehen sollen, der wußte wie man sowas macht. Auweiah, der prügelte mir das Fleisch von den Knochen!«

Ein schwacher Trost jedoch blieb Miß Ophelia: Topsy lernte mit erstaunlicher Leichtigkeit das Lesen und Schreiben. Die Buchstaben flogen ihr nur so zu, und in kürzester Zeit konnte sie fließend ganze Sätze lesen und in schönster Schrift schreiben. Dieses Geschöpf, das sonst keine Minute stillhalten konnte, saß beim Schreibunterricht ruhig und lammfromm auf dem Stuhl. Und während sie sorgfältig Wort für Wort malte, lugte ihre rosa Zungenspitze heraus und wanderte von einem Mundwinkel zum anderen.

Tom saß zur selben Stunde genauso da wie Topsy und tat auch dasselbe wie sie: Er schrieb – oder besser gesagt – er versuchte es. Auf seiner Schiefertafel befand sich bereits ein wirres Durcheinander an merkwürdigen Zeichen, die dem Chinesischen weit mehr ähnelten als ordentlichen Buchstaben.

Entmutigt blickte Tom auf sein Werk. Da ging die Tür auf, und Eva trat ein. Sie kam fast jeden Tag auf ein Stündchen zu Onkel Tom. Er war ihr bester Freund geworden, der ihr zuhörte, wenn es nötig war, und schwieg, wo es nichts zu sagen gab.

»Aber Onkel Tom, was wird denn das?« rief sie neugierig, »erfindest du eine Geheimsprache?«

Tom seufzte schwer. »Ach weißt du, das Heimweh drückt den alten Onkel Tom. Ich will meiner Chloe und den Kindern einen Brief schreiben. Aber ich fürchte, ich habe die Buchstaben verlernt!«

Eva war sofort Feuer und Flamme: »Ich helfe dir!«

Tom nahm das Angebot gerne an. Leider war es aber so, daß auch die kleine Eva nicht gerade eine Meisterin im Schreiben war. Sie hatte zwar letztes Jahr das Alphabet gelernt, aber beim Zusammenbau von ganzen Sätzen haperte es. Als die beiden schon den dritten Briefentwurf auf die Tafel gekritzelt hatten, steckte zufällig St. Clare den Kopf zur Tür herein.

»Tom, ich brauche dich bei den Pferden. Aber sagt mal, was macht ihr beide denn da?«

Aufgeregt klärte Eva ihren Vater auf und hielt ihm den Entwurf unter die Nase: »Jetzt paßt der Brief, nicht wahr? Stell dir vor, wie sich Onkel Toms Frau darüber freuen wird!«

St. Clare betrachtete das Kunstwerk mit verhaltenem Lächeln. »Das wird sie. Aber vielleicht sollte doch besser ich den Brief für euch ins Reine schreiben und dafür sorgen, daß er auch bald wegkommt.«

Und noch am selben Abend schrieb St. Clare Toms Brief und brachte ihn eigenhändig zur Post!

Post aus Kentucky
und Vorboten des Todes

Mammy streckte ihren turbangekrönten Kopf aus dem Fenster ihrer Herrin. Sie schüttelte – wie jeden Morgen – das Kopfkissen der angeblich Leidenden aus. Plötzlich riß sie die noch reichlich verschlafenen Augen auf, ließ das Kissen sinken und murmelte: »Gütiger Gott, was ist denn in ihn gefahren? Jetzt ist er wahnsinnig geworden!«

Mit »er« meinte Mammy Onkel Tom, der wie wild geworden auf dem Hof herumtanzte und unter

Lachen und Weinen etwas Weißes, Viereckiges schwenkte . . .

Nun, Mammy konnte natürlich nicht wissen, was Tom so sehr aus dem Häuschen brachte: Soeben hatte ihm der Briefträger Post aus Kentucky gebracht!

Nach dem ersten Jubel lief Tom sofort zu Eva: »Miß Eva, mein junger Master Robert aus Kentucky hat geschrieben!«

Kurz darauf saßen die beiden in einem versteckten Winkel des Gartens, und Tom hielt das Blatt Papier fest in den Händen und las feierlich vor:

»Lieber Onkel Tom!

Vielen Dank für Deinen Brief. Chloe hebt ihn wie einen Schatz an ihrer Brust auf. Sie läßt dich grüßen. Seit kurzem arbeitet sie während der Woche bei einem Konditor in Louisville. Was sie dort verdient, ist für Deinen Rückkauf. Den Kindern geht's gut. Die Kleine läuft schon. Hast Du den Dollar noch? Auch ich bin fleißig am Sparen für den Rückkauf. Und Mama auch. Deine Hütte steht jetzt leer. Aber wenn Du wieder da bist, wird sie ganz groß umgebaut. Mein Ehrenwort als Gentleman gilt! Viele Grüße von Chloe, Mose, Pete, der Kleinen und Mama und allen anderen und von Deinem Master Robert aus Kentucky.

PS.: Eliza geht es gut. Sie und George haben es bis nach Kanada geschafft!«

Tom und Eva lasen einander den Brief immer und immer wieder vor. Sie überlegten sogar, ob sie ihn nicht einrahmen lassen sollten. Doch ein unlösbares Problem hielt sie schließlich davon ab: Robert hatte den Briefboden beidseitig beschrieben, und eingerahmt hätte man nur die erste Seite lesen können!

Ein glutheißer Sommer war ins Land gezogen. Um der drückenden Hitze der Stadt zu entkommen, verlegten die St. Clares ihren Haushalt an den Pontchartrain-See.

Dort besaß die Familie ein schönes Holzhaus mit einer Veranda, von der aus man den ganzen See überblicken konnte. Der Garten der Villa war verwildert, und zum See hinunter führten viele verschlungene Pfade, die von exotischen Pflanzen überwuchert waren.

Eva war tagelang damit beschäftigt, ihrem Freund Tom ihre Geheim- und Lieblingsplätze zu zeigen. Sie verbrachten jede freie Minute miteinander, und Tom verwöhnte seine Miß Eva, wo er nur konnte. Er pflückte ihr die schönsten Blumen, brachte ihr die saftigsten Pfirsiche, die süßesten Orangen und er schnitzte ihr eine ganze Sammlung von Flöten und Pfeifchen aus Bambusrohr.

Auch Eva wußte immer etwas, womit sie Tom eine Freude machen konnte. Besonders glücklich machte es Onkel Tom aber, wenn er sich mit geschlossenen Augen zurücklehnen durfte, und ihm Eva aus der Bibel vorlas.

St. Clare hatte gegen diese Freundschaft nichts einzuwenden. Er liebte seine Tochter mehr als alles andere auf der Welt, und da er sah, wie wichtig Onkel Tom ihr war, stellte er ihn über den Sommer von der Arbeit frei. Er sollte stets zur Verfügung sein, wenn Eva nach ihm rief.

In der ersten Augustwoche kam dies allerdings selten vor. Der Grund hieß Henrique, war zwölf Jahre alt und Evas Cousin. Er war für einige Tage zu Besuch und nahm sie ganz in Beschlag. Henrique war ein hübscher Junge mit feurigen Augen und ebensolchem Temperament. In allem versuchte er seiner Cousine zu gefallen, sei's durch kluge Sätze, elegante Kopfsprünge oder waghalsige Reitkunststücke. Wahrscheinlich war er ein klein wenig in Eva verliebt – obwohl er das natürlich nie und nimmer zugegeben hätte.

Eva mochte Henrique gut leiden, bis etwas geschah, was ihre Bewunderung ins Gegenteil kehrte.

Die beiden wollten ausreiten. Tom hatte bereits Evas weißes Pony gesattelt, während Henriques Pferdejunge Dodo den schwarzen Araberhengst seines jungen Masters herbeiführte. Henrique war mächtig stolz auf dieses Pferd. Sein Vater hatte es ihm erst kürzlich aus Europa mitgebracht, und vor jedem Ausritt musterte Henrique sein Pferd, als wäre er ein Jockey vor dem Turnier.

Jetzt aber verfinsterte sich seine Miene, und er schrie: »Mein Pferd ist nicht gestriegelt!«

»Doch, Master«, sagte Dodo unterwürfig. »Es hat sich selbst wieder schmutzig gemacht. Es hat sich hinge . . .«

»Was, du wagst es, mir zu widersprechen«, tobte Henrique und hob die Reitpeitsche.

Dodo zuckte voll Angst zusammen. Tapfer versuchte er sich zu rechtfertigen. »Master Henrique . . .« begann er. Weiter kam er nicht.

Blind vor Zorn zwang Henrique ihn in die Knie und prügelte drauflos, bis er außer Atem war.

»So, und nun reib das Pferd ordentlich ab«, befahl er dann und drehte sich – wie in Erwartung eines Lobes – zu Eva um.

Diese stand wie erstarrt. Ihr Gesicht war schneeweiß, und in den blauen Augen flirrte etwas Tiefschwarzes, das Henrique Angst machte. »Was hast du denn, Cousine«, fragte er erschrocken.

»Wie konntest du gegen Dodo so grausam sein«, stieß Eva hervor.

»Wieso grausam, er hat versucht, mir mit faulen Ausreden zu kommen.«

»Aber du hast ihn gar nicht ausreden lassen. Er hat das Pferd wirklich gestriegelt, doch es wälzte sich vorhin im Staub.«

»Nun gut«, sagte Henrique gleichgültig, »dann waren die Prügel eben für was anderes, das er erst noch anstellen wird. Aber ich verstehe nicht, warum du dich wegen des Niggers so aufregst.«

Eva gab keine Anwort. Sie schwang sich auf ihr Pony und ritt davon. Henrique aber hatte das sichere Gefühl, es sich ein für allemal mit Eva verscherzt zu haben.

Als Eva am Abend zurückkam, waren ihre Wangen unnatürlich rot. Und Tom, der ihr besorgt aus dem Steigbügel half, hörte sie zum ersten Mal auf merkwürdig trockene Art husten . . .

Der weitere Sommer verlief ruhig und friedlich. Henrique war bald nach diesem Vorfall abgereist, und Eva verbrachte wieder viel Zeit mit Tom. Trotzdem gab es immer wieder Stunden, in denen sie sich zurückzog und nachdachte.

Einmal kam sie zu ihrer Mutter, die wie üblich leidend im verdunkelten Zimmer auf dem Sofa lag. »Mama, warum lernen unsere Diener nicht lesen?« fragte sie.

»Weil das völlig überflüssig ist, mein Kind. Gelehrte Sklaven arbeiten um keinen Deut besser!«

»Aber sie könnten die Bibel lesen. Und wenn sie von ihrer Familie getrennt werden, könnten sie Briefe schreiben.«

Marie St. Clare verzog ärgerlich den Mund. »Du bist zu viel mit diesem Tom zusammen. Ich werde wohl mit deinem Vater darüber sprechen müssen. Und jetzt laß mich, ich fühle mich zu schwach.«

»Ich weiß, Mama« nickte Eva betrübt und zog sachte die Tür hinter sich zu.

Was Evas Mutter entgangen war, fiel Miß Ophelia hingegen auf. Eva war dünn geworden. Ihre Haut schien fast durchsichtig zu sein, und häufig hörte man sie husten.

Miß Ophelia sprach darüber mit St. Clare. »Ich glaube, Eva ist krank. Laß den Doktor kommen und sie ansehen.«

Augustine winkte spöttisch ab. »Ach, ihr Frauen seht nur Krankheiten auf dieser Welt, nichts als Krankheiten. Eva wächst, das ist alles. Kinder werden immer dünn, wenn sie wachsen.«

»Aber der Husten«, beschwor ihn Miß Ophelia, »der klingt nicht gut«.

»Nun, sie wird sich erkältet haben. Ich will ihr morgen Hustensaft kaufen!« sagte St. Clare. Und er las weiter seine Abendzeitung, unbesorgt nach außen hin – doch tief im Inneren spürte er einen Keim an Angst, der langsam aber sicher wuchs . . .

Währenddessen saßen Tom und Eva auf der Veranda des Hauses. Eva hatte ihm aus der Bibel vorgelesen. Jetzt lag das aufgeschlagene Buch in ihrem Schoß, und der schwarze Mann und seine kleine Freundin sahen schweigend zu, wie die Abendsonne im See versank. Ihre letzten Strahlen färbten den Himmel feuerrot, und die Wasseroberfläche schimmerte golden.

Eva starrte wie im Traum auf den glänzenden Streifen Licht. »Tom, wo mag wohl der Himmel sein?« fragte sie leise.

»Ganz sicher über den Wolken, Miß Eva«.

Da hob Eva den Kopf und flüsterte: »Ja, jetzt sehe ich ihn: Ein großes Tor aus schimmerndem Gold führt hinein. Und da werde ich schon bald hindurchgehen, Tom, bald . . .«

Abschied für immer

Es ließ sich nicht mehr übersehen: Eva war ernstlich krank. Sogar ihre Mutter mußte dies als ärztlich bescheinigte Tatsache zur Kenntnis nehmen. Sie tat es, indem sie noch mehr jammerte: »Oh, was muß mein armes Herz ertragen! Selbst ans Bett gefesselt, soll ich mein einziges Kind verlieren!«
Miß Ophelia, St. Clare und Tom lasen der kleinen Patientin jeden Wunsch von den Augen ab. Wenn sie schlief, schlich jeder auf Zehenspitzen herum und sprach nur im Flüsterton. Selten hörte man ein Lachen oder ein lautes Wort.
Umso schriller durchschnitt es die gedämpfte Stille, als eines Sonntags plötzlich Geschrei aus Miß Ophelias Zimmer klang: »Was bist du bloß für ein mißratenes Kind! Ich könnte dich in Stücke reißen!«
St. Clare nahm die Zigarre aus dem Mund und sagte zu Marie, die matt auf dem Sofa lag: »Ich gehe jede Wette ein, daß diese Drohung der kleinen Topsy gilt. Bin neugierig, was das Äffchen diesmal auf dem Kerbholz hat.«
Und schon zerrte Miß Ophelia die Missetäterin hinter sich her ins Zimmer. Das Kind umschloß mit seiner Faust krampfhaft einige bunte Stoffetzen und blickte halb zerknirscht, halb trotzig in die Runde.
»Stell dir vor, Cousin, das Rabenstück hat meine Kopftücher zerschnipselt, um Puppenjacken daraus zu machen! Was soll ich bloß mit ihr anstellen?«

Marie St. Clare sagte spitz: »Auspeitschen, laß das Kind einfach auspeitschen, bis es nicht mehr stehen kann.«

St. Clare winkte Topsy zu sich. »Sag mal, Äffchen, warum führst du dich so schlecht auf?«

Die Kleine schaute ihn listig an: »Kann nichts dafür, das is' mein schlechtes Herz. Miß Feely hat selbst gesagt, ich hab ein böses Herz . . .«

»Topsy, ich will mit dir reden«, klang plötzlich Evas Stimme von der Tür her.

Alle drehten sich erschrocken um, doch als sie die Entschlossenheit im Gesicht der Kranken sahen, wagte niemand ein Wort zu sagen und sie zurück ins Bett zu schicken.

Eva führte Topsy auf die angrenzende Veranda und zog den Vorhang hinter sich zu.

»Möchte doch wissen, was Eva vorhat«, murmelte St. Clare.

Er schlich zum Vorhang, schob ihn in der Mitte etwas auseinander, daß ein schmaler Spalt entstand, und winkte Miß Ophelia zu kommen.

Die Kinder hockten voreinander auf dem Fußboden. Eva sagte beschwörend: »Topsy, du hast bestimmt kein böses Herz. Sicher hast du jemanden lieb. Das weiß ich.«

»Hab nichts und niemanden lieb, höchstens Bonbons. Und mich hat auch keiner lieb, weil ich schwarz bin und nicht weiß.«

»Topsy, das stimmt einfach nicht! Miß Ophelia würde dich sicher liebhaben, wenn du nicht solche Sachen anstellen würdest.«

»Pah«, stieß Topsy hervor. »Miß Feely würde lieber 'ne Kröte angreifen als mich. Nein, nein, Nigger hat keiner lieb, aber mir ist's piepegal!«

Da schlang Eva ihre Arme um das kleine schwarze Mädchen. »Aber ich habe dich lieb, Topsy, ich habe dich ganz fest lieb!«

Die Lauscher hinterm Vorhang konnten es nicht fassen:

Die verstockte Topsy ließ sich tatsächlich von Eva streicheln, während ihr dicke Tränen über die Wangen kollerten!

St. Clare und Miß Ophelia schauten einander betroffen an. Jeder sah es in den Augen des anderen verdächtig glitzern, doch keiner fühlte sich ertappt.

»Lassen wir die Kinder ein Weilchen«, sagte St. Clare leise und schloß behutsam den Vorhang. Miß Ophelia war dies nur recht. Sie schämte sich in Grund und Boden, weil Topsy ihre körperliche Abneigung genau gespürt hatte. Ich werde mich wohl ebenso bessern müssen wie die Kleine, dachte sie im stillen. Und dann sammelte sie die verstreuten Stücke ihrer Kopftücher auf und überlegte, ob sich der Stoff wohl für Puppenjacken eignen würde ...

Eva schien es besser zu gehen. Zwei Tage nach diesem Vorfall bat sie ihren Vater: »Papa, ich will in den Garten, und ich wünsche mir so sehr, daß du mitkommst.«

St. Clare blickte sie prüfend an. »Nun gut. Das Wetter ist prächtig, und du siehst mir heute auch nicht übel aus.«

Er nahm seine Tochter an der Hand, und sie spazierten in den glänzenden Septembertag hinaus. Als sie bei der Gartenlaube vorbeikamen, zog Eva ihren Vater auf die Bank und kletterte auf seinen Schoß. »Papa, ich wollte dir schon lange etwas sagen.«

»Nur heraus damit«, sagte St. Clare und drückte sie zärtlich an sich.

»Kannst du nicht unsere Sklaven freilassen? Sie tun mir so entsetzlich leid.«

»Aber Eva, es geht ihnen doch gut bei uns.«

»Ja, aber nur, weil es dich gibt, Papa. Was wäre, wenn dir etwas zustoßen würde? Denk nur daran, was Mama über Topsy gesagt hat. Ich glaube, Mama würde die Sklaven alle auspeitschen lassen.«

»Aber ich bin ja da und paß auf, daß keinem unserer Diener was geschieht«, versicherte St. Clare.

Eva ließ nicht locker. »Papa, versprich mir wenigstens, daß du Tom freiläßt, wenn ich sterbe!«

St. Clare zerriß es fast das Herz. »Aber mein Kleines, du wirst doch nicht sterben! Wie kommst du denn darauf? Es geht dir doch um vieles besser, heute!«

»Ich fühle es«, sagte Eva schlicht, »und deshalb wollte ich dich bitten, daß du Tom die Freiheit schenkst.

Er hat Heimweh, weißt du ... weil seine Kleine schon laufen kann und er hat's noch nicht gesehn ... und seine Frau muß jetzt arbeiten und kann auch nicht mehr bei den Kindern sein ... Bitte versprich mir, daß du Tom freiläßt!«

Eva hatte sich außer Atem geredet, und der trockene Husten brach wieder aus. Es war Abend geworden, und vom See her kam frischer Wind auf.

St. Clare nahm seine Jacke und wickelte Eva behutsam darin ein. »Ich verspreche es dir, Evangeline. Sobald wir drüben in New Orleans sind, werde ich zum Notar gehen und die Freilassungsurkunde aufsetzen!«

Und er nahm sein Kind, das wieder Fieber zu haben schien, in die Arme, trug es den Weg zum Haus zurück und brachte es ins Bett.

Er blieb bei Eva sitzen, bis sie eingeschlafen war. Dann zog er sachte die Tür ins Schloß und rief nach Miß Ophelia, die für diese Nacht die Krankenwache übernehmen wollte.

Kurz nach Mitternacht trommelte Miß Ophelia wie eine Wahnsinnige an Toms Tür. »Schnell, Tom, hol den Doktor, es ist sehr ernst!«

Als Tom mit dem Arzt zurückkam, saßen Mr. und Mrs. St. Clare stumm an Evas Bett. Das Gesicht ihrer Tochter war totenblaß und eingefallen, und sie konnte nur noch mit Mühe atmen. Der Arzt fühlte ihren Puls, dann schüttelte er den Kopf. Leise packte er sein Hörrohr wieder ein und trat in den Hintergrund.

Da schlug Eva die Augen auf, sehr langsam, als würde es ihr große Anstrengung bereiten. Ihr Blick kam von weit her, streifte zärtlich ihre Eltern und irrte dann suchend im Zimmer umher. Schließlich blieb er an Tom hängen, der sich hundeelend in den Türrahmen drückte.

Mit großer Mühe flüsterte Eva etwas in das Ohr ihres Vaters. »Tom, du sollst an ihr Bett kommen«, sagte dieser mit rauher Stimme.

Tom fühlte kaum seine Füße, als er den Weg durchs Zimmer ging. »Ich will dir etwas schenken, Onkel Tom«, flüsterte Eva. Mit letzter Kraft griff sie unter das Kopfkissen und holte ein Säckchen aus Stoff hervor. Es war sehr klein und paßte mit Leichtigkeit in Toms schwielige Hand.

Diese Anstrengung hatte das Kind so erschöpft, daß St. Clare Tom bedeutete, hinauszugehen.

Tom tappte wie blind die Treppe hinunter. Er hockte sich auf die unterste Stufe der Veranda und öffnete das Stoffsäckchen. Eine von Evas blonden Locken fiel heraus und wickelte sich beinahe übermütig um seinen Zeigefinger . . .

Als die Sonne über dem See aufstieg, war Eva tot.

Im Sklavenspeicher

Es gibt so viele Arten zu trauern wie es Menschen gibt. Manche raufen sich die Haare und schreien ihren Schmerz in alle Welt hinaus. Zu diesen Menschen gehörte Marie St. Clare.

Andere verschließen ihre Trauer tief im Inneren und gehen ihrer Arbeit nach wie sonst – nur daß sie noch um eine Spur fleißiger und stiller werden. So verhielt sich Onkel Tom.

Die dritten müssen reden und reden und reden, und am Ende haben sie ihre Trauer ganz einfach weggeredet. Das versuchte ein großer Teil der Dienstboten.

Bei den vierten bewirkt die Trauer um einen Toten die Hinwendung zum Lebenden: Miß Ophelia zum Beispiel, bemühte sich wie nie zuvor um Topsy und gab ihr außer Unterricht auch Liebe.

Und was tat Augustine St. Clare?

St. Clare versuchte seine Verzweiflung durch alle möglichen Vergnügungen zu verdrängen. Die Familie war wieder in die Stadt zurückgekehrt, doch es gab keinen Abend mehr, den er zu Hause verbracht hätte, er stürzte sich ins Gesellschaftsleben und bot nach außen hin das Bild völliger Gleichgültigkeit. Innerlich aber war St. Clare in mancher Hinsicht ein anderer geworden. Sein Spott allem und jedem gegenüber war verstummt, und er dachte viel über Evas letzten Wunsch nach. Obwohl ihm gerade Tom unentbehrlich schien, sagte er eines Tages zu ihm: »Tom, halt deine Sachen bereit. Bald schon kannst du als freier Mann nach Kentucky zurück.«

Das überglückliche Strahlen auf Toms Gesicht kränkte ihn ein wenig. »So schlecht hast du's bei mir nun auch wieder nicht!«

»Aber nein, Master, bestimmt nicht. Ich werde traurig sein, wenn ich von hier fortgehe. Was mich so froh macht, ist der Gedanke, ein freier Mann zu sein!«

St. Clare begriff mit einem Mal, daß selbst die beste Behandlung eines Sklaven niemals jenes einzigartige Gut der Freiheit aufwiegen kann ...

Trotzdem verschob er den Gang zum Notar von Tag zu Tag. Es war noch nie St. Clares Art gewesen, rasch zu handeln – in diesem Punkt hatte auch Evas Tod nichts ändern können.

Eines Morgens bat Miß Ophelia den Cousin um eine Schenkungsurkunde für Topsy. »Reicht dir mein Wort darauf nicht?« fragte St. Clare.

»Schwarz auf weiß ist allemal besser. Wenn du sterben würdest, könnte ich ohne Urkunde nicht beweisen, daß Topsy mir gehört. Und sie würde wohl oder übel versteigert werden!«

»Nun gut«, sagte St. Clare. »Obwohl ich mich bester Gesundheit erfreue, will ich deinen Wunsch erfüllen.« Und er unterschrieb das Papier.

»Übrigens, Augustine, hast du für den Fall deines Todes bestimmt, was mit den Sklaven geschehen soll? Und wie weit ist der Notar mit Toms Freilassungsbrief?« fragte Miß Ophelia wie nebenbei.

St. Clare hob halb belustigt, halb verärgert die Schultern. »Wird denn in diesem Hause nur noch an Tod und Sterben gedacht? Nein, ich habe mein Testament noch nicht gemacht, liebe Cousine. Aber ich will es gelegentlich tun.«

»Und wenn dir vorher etwas zustößt?«

St. Clare ging schweigend hinaus, um das unbehagliche Gespräch zu beenden. Eine große Unruhe war in ihm, und der Schmerz über Evas Tod steigerte sich ins Unerträgliche. Er beschloß in die Stadt zu fahren. Ob Miß Ophelia einen sechsten Sinn besaß oder ob St. Clare ganz einfach seinem Schicksal entgegenfahren mußte, wird wohl für immer unbeantwortet bleiben. Tatsache war, daß Augustine St. Clare den Morgen des folgenden Tages nicht mehr erlebte!

Er war in ein Kaffeehaus gegangen, um Zeitung zu lesen. Als zwischen zwei Betrunkenen ein Streit ausbrach, hatte er versucht, die Männer zu trennen. Einer der beiden zog ein Messer und stieß es St. Clare in die Brust. Auf einer Bahre brachte man ihn heim – doch die Wunde erwies sich als tödlich.

Marie St. Clare war außer sich! Sie schrie und klagte, bekam Ohnmachtsanfälle und heftige Krämpfe. Doch kaum war ihr Mann begraben, schien jegliche Krankheit bei seiner Witwe wie weggeblasen!

Kerzengerade ging sie im Haus herum – sie, die sich bisher kaum vom Sofa hatte erheben können! Das spitze Gesicht, der schmale verkniffene Mund verhießen nichts Gutes, und die Sklaven duckten sich angsterfüllt. Was würde nun mit ihnen geschehen? Als erste traf es Rosa, Maries Kammerzofe. Mit verweinten Augen kam sie wenige Tage nach dem Begräbnis zu Miß Ophelia.

»Miß Feely«, schluchzte sie und warf sich der verdutzten Miß Ophelia vor die Füße. »Bitte, helfen Sie mir! Die Herrin will mich auspeitschen lassen!«

Miß Ophelia wurde blaß, doch sie versuchte, Rosa zu beruhigen: »Missis St. Clare hat dir sicher nur Angst machen wollen. Steh auf, und erzähl mir, was du angestellt hast.«

Rosa schniefte durch die Nase. »Es war sicher nicht recht von mir. Ich hab ein Kleid der Missis anprobiert. Sie kam und schlug mir ins Gesicht ... und ich, ach Gott, ich hab ihr eine freche Antwort gegeben. Und dann hat sie gleich den Zettel geschrieben und gesagt, ich muß damit zum Peitschenhaus!«

Miß Ophelia nahm dem Mädchen das Papier ab, das es mit spitzen Fingern hielt, als würde es Brandblasen verursachen. Es stimmte tatsächlich: Marie verfügte in ihrer zierlichen Handschrift, die Überbringerin des Zettels mit fünfzehn Peitschenhieben zu bestrafen!

Miß Ophelia sprang auf. »Warte hier, Rosa. Ich werde mit der Missis reden!« Und sie rauschte mit wehenden Röcken aus dem Zimmer – voller Empörung darüber, daß Marie einem jungen Mädchen diese Erniedrigung antun wollte. Denn St. Clare hatte ihr oft genug erzählt, wie es in solchen Peitschenhäusern zuging: Es konnte jedermann eintreten und begaffen, wie den Sklaven von den Burschen mit sichtlichem Vergnügen die Peitsche gegeben wurde.

Knappe zehn Minuten später kam Miß Ophelia geknickt zurück. Sie hatte gebettelt, beschworen, gedroht ... doch Marie war felsenfest bei ihrem Entschluß geblieben. Und noch am selben Tag wurde Rosa von einem Diener in das Peitschenhaus gebracht.

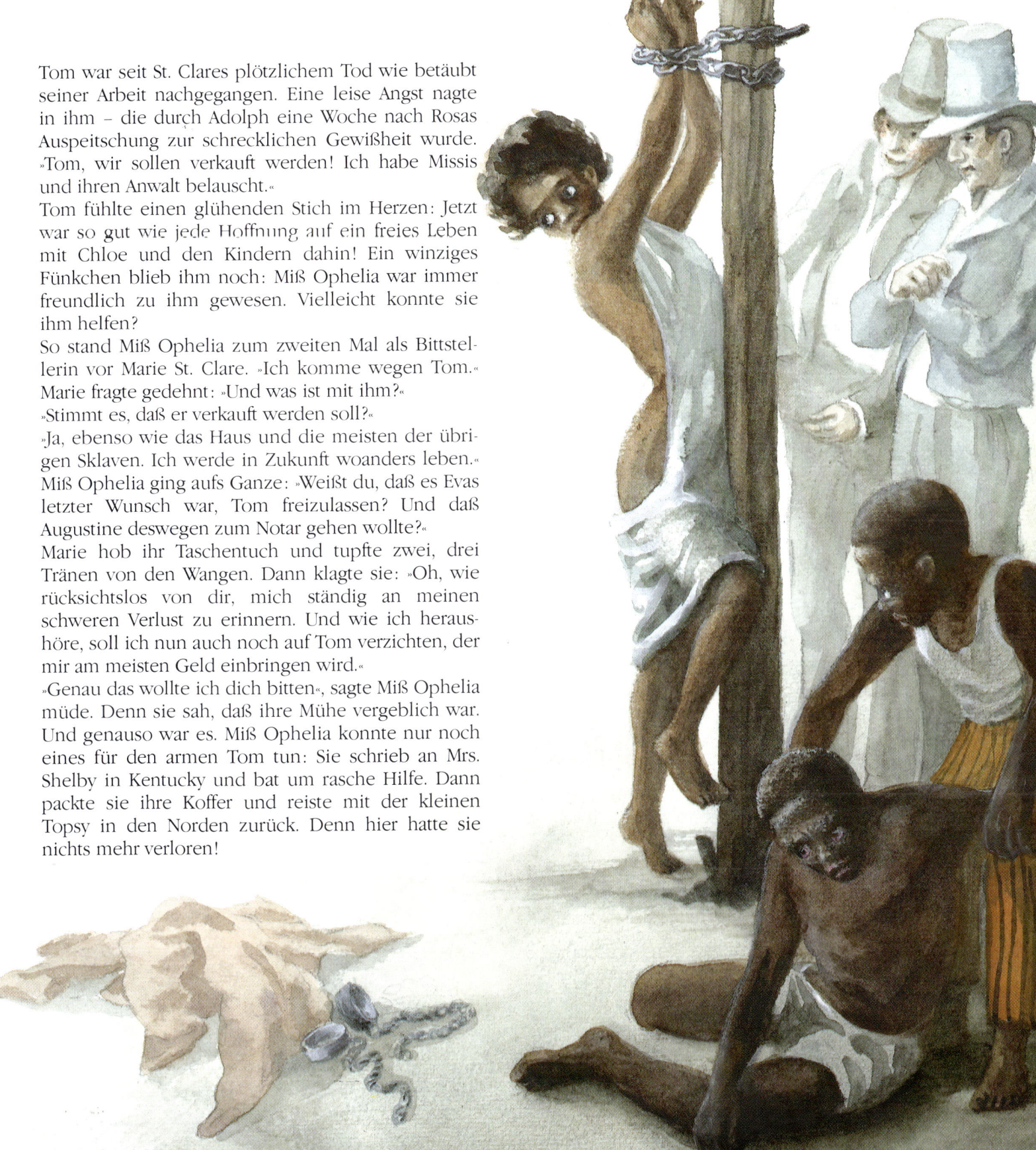

Tom war seit St. Clares plötzlichem Tod wie betäubt seiner Arbeit nachgegangen. Eine leise Angst nagte in ihm – die durch Adolph eine Woche nach Rosas Auspeitschung zur schrecklichen Gewißheit wurde. »Tom, wir sollen verkauft werden! Ich habe Missis und ihren Anwalt belauscht.«

Tom fühlte einen glühenden Stich im Herzen: Jetzt war so gut wie jede Hoffnung auf ein freies Leben mit Chloe und den Kindern dahin! Ein winziges Fünkchen blieb ihm noch: Miß Ophelia war immer freundlich zu ihm gewesen. Vielleicht konnte sie ihm helfen?

So stand Miß Ophelia zum zweiten Mal als Bittstellerin vor Marie St. Clare. »Ich komme wegen Tom.«

Marie fragte gedehnt: »Und was ist mit ihm?«

»Stimmt es, daß er verkauft werden soll?«

»Ja, ebenso wie das Haus und die meisten der übrigen Sklaven. Ich werde in Zukunft woanders leben.«

Miß Ophelia ging aufs Ganze: »Weißt du, daß es Evas letzter Wunsch war, Tom freizulassen? Und daß Augustine deswegen zum Notar gehen wollte?«

Marie hob ihr Taschentuch und tupfte zwei, drei Tränen von den Wangen. Dann klagte sie: »Oh, wie rücksichtslos von dir, mich ständig an meinen schweren Verlust zu erinnern. Und wie ich heraushöre, soll ich nun auch noch auf Tom verzichten, der mir am meisten Geld einbringen wird.«

»Genau das wollte ich dich bitten«, sagte Miß Ophelia müde. Denn sie sah, daß ihre Mühe vergeblich war. Und genauso war es. Miß Ophelia konnte nur noch eines für den armen Tom tun: Sie schrieb an Mrs. Shelby in Kentucky und bat um rasche Hilfe. Dann packte sie ihre Koffer und reiste mit der kleinen Topsy in den Norden zurück. Denn hier hatte sie nichts mehr verloren!

Tom, Adolph und einige andere von St. Clares persönlichen Sklaven wurden von Maries Anwalt in den Sklavenspeicher gebracht. Das Gebäude sah aus wie eine von den vielen Kaufhallen in New Orleans – mit dem Unterschied, daß die hier feilgebotene Ware atmen, lachen, weinen und fühlen konnte!

Mr. Skeggs, der Besitzer des Sklavenspeichers, war stolz auf sein reichhaltiges Angebot: Er hatte große, kleine, starke, schlanke, hübsche, muskulöse, mutige und ausgesucht gesunde Ware in allen Schattierungen von Schwarz; und der interessierte Käufer konnte Mann und Frau, Brüder und Schwestern, Väter, Mütter und Kinder zusammen oder einzeln ersteigern. Denn der Dienst am Kunden ging Mr. Skeggs über alles!

Er wies Tom und den anderen Neuen einen Platz in der großen Halle zu. »Und daß ihr euch ordentlich aufführt, wenn sich einer für euch interessiert«, schärfte er ihnen noch ein. Dann kümmerte er sich wieder um seine Geschäfte.

Tom ließ sich bedrückt in der Ecke nieder und schaute um sich. Das Menschengewimmel rund um ihn ließ ihn beinahe schwindlig werden. Überall standen, lehnten, hockten und saßen Schwarze oder Mischlinge, und dazwischen flanierten mit musterndem Blick die Weißen. Sie waren gekommen, um die Sklaven, die am folgenden Tag versteigert werden sollten, zu besichtigen.

Unweit von Tom saßen zwei Mulattinnen eng aneinandergeschmiegt. Es mußte sich um Mutter und Tochter handeln, die Ähnlichkeit war unverkennbar. Das Mädchen war etwa fünfzehn Jahre alt. Schwarze schimmernde Locken umrahmten das Gesicht, die dunklen Augen blickten sanft.

»Versuch dich ein wenig auszuruhen, Mutter«, hörte Tom die Stimme des Mädchens.

»Ach, Emmeline, ich kann nicht. Es sind vielleicht die letzten Stunden, die wir beisammen sind.«

»Sag das nicht Mutter. Bestimmt werden wir gemeinsam verkauft. Mr. Skeggs hat gesagt, daß wir beide hübsch sind.« Fast ein wenig stolz fuhr sich Emmeline durch die Locken.

Mit einer heftigen Bewegung drückte die Mutter sie an sich. »Ach, wenn du nur krummbeinig und häßlich wärst, du würdest den Männern weniger gut gefallen! Morgen machst du die Haare naß und kämmst sie ganz glatt nach hinten. Vielleicht haben wir größere Chancen, vom selben Herrn gekauft zu werden, wenn du nicht gar so teuer bist.«

Inzwischen war es draußen dunkel geworden, und der Sklavenspeicher wurde für das Publikum geschlossen. Mr. Skeggs löschte das Licht. Die Sklaven streckten sich auf dem Boden aus, und auch Tom versuchte zu schlafen. Doch das Gespräch von Mutter und Tochter ging ihm immer wieder durch den Kopf. Bis in die Morgenstunden lag er wach und folgte mit trüben Augen den Schatten der vergitterten Fenster, die der wandernde Mond auf die schlafenden Sklaven warf . . .

Bereits vor sieben Uhr herrschte im Sklavenspeicher geschäftiges Treiben. Mr. Skeggs lief von einer Ware zur anderen, um zu prüfen, ob sie auch ordentlich zurechtgemacht war. Vor Emmeline blieb er wütend stehen: »Was soll das, wo sind deine Locken?«

Emmeline schaute ängstlich zu ihrer Mutter.

»Ich habe ihr gesagt, sie soll sich ordentlich kämmen, damit sie besser aussieht«, antwortete diese.

»So ein Blödsinn!« fluchte Skeggs. »Die Locken bringen bei der Versteigerung mindestens hundert Dollar mehr! Geh sofort und mach dir wieder die alte Frisur!« Er warf Emmelines Mutter einen drohenden Blick zu und stampfte zum Eingangstor, um die Halle für die Käufer zu öffnen.

Unter den ersten, die hereindrängten, war ein kleiner, grobknochiger Mann in derben Stiefeln. Sein kariertes Hemd stand weit offen, und an den Hosenbeinen klebte tagealter Dreck. Mit Kennermiene musterte er einen Sklaven nach dem anderen, doch offenbar war nicht dabei, was er suchte.

In diesem Augenblick fiel sein Blick auf Emmeline, die mit blassem Gesicht und sorgfältig gedrehten Locken neben ihrer Mutter stand. Der Mann fing breit zu grinsen an. Er hielt das widerstrebende Mädchen fest, fuhr ihr mit seiner schmutzigen Hand über die Locken, das Gesicht, die Brust . . . bis Emmeline in Tränen ausbrach.

Da stieß er sie zurück und setzte, noch immer grinsend, seinen Rundgang durch den Sklavenspeicher fort.

Tom war wie erstarrt Zeuge dieser Szene geworden. Und noch ehe er die Lähmung wieder abschütteln konnte, stand der Mann vor ihm und packte ihn beim Kinn:

»Woher?« fragte der Mann knapp, nachdem er außer Toms Zähnen auch noch dessen Muskeln geprüft hatte.

»Aus Kentucky, Master!« antwortete Tom leise.

»Bisherige Arbeit?«

»Ich habe die Farm meines Herrn verwaltet.«

»Wer's glaubt, wird selig«, höhnte der Mann und spuckte verächtlich einen braunen Schwall Tabaksaft vor Toms Füße.

Mr. Skeggs Stimme quäkte durch die Halle: »Meine Herrschaften, die Versteigerung beginnt.«

Die Weißen strömten zum erhöhten Versteigerungs-block, auf den die Sklaven einer um den anderen steigen mußten. Das Bieten begann, man schrie, machte Witze, pfiff, steigerte und ersteigerte.

Adolph und die anderen Sklaven aus St. Clares Haus waren rasch verkauft.

Und dann kam die Reihe an Tom.

Er vermeinte, Bleigewichte an den Füßen zu haben – und als er endlich auf dem Podest stand, verschwammen die vielen starrenden Gesichter zu einer einzigen Masse. Den Wortschwall von Mr. Skeggs und die schnellen Zurufe der Bieter klangen undeutlich und dumpf in seinen Ohren. Erst der endgültige Ham-

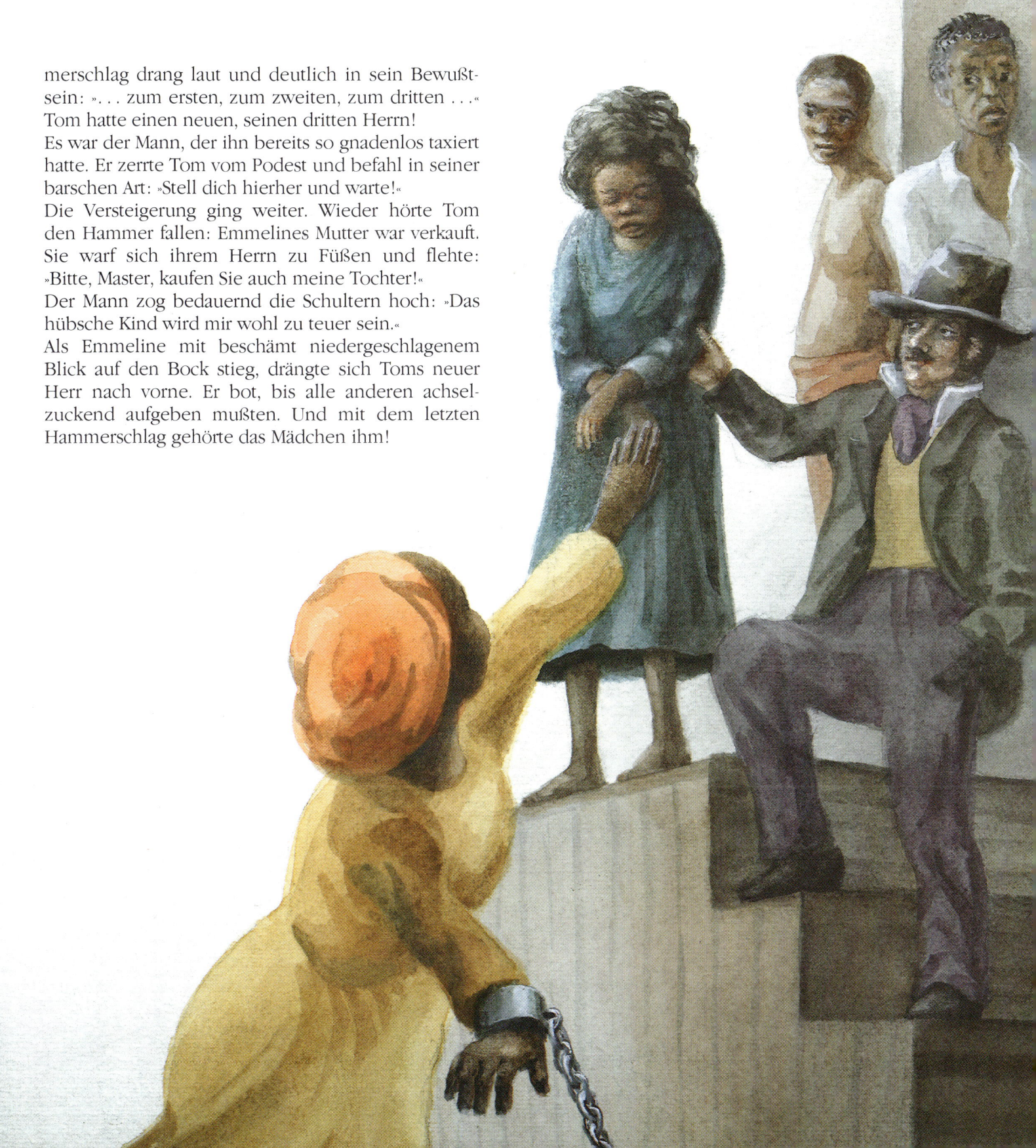

merschlag drang laut und deutlich in sein Bewußt-
sein: »... zum ersten, zum zweiten, zum dritten ...«
Tom hatte einen neuen, seinen dritten Herrn!
Es war der Mann, der ihn bereits so gnadenlos taxiert
hatte. Er zerrte Tom vom Podest und befahl in seiner
barschen Art: »Stell dich hierher und warte!«
Die Versteigerung ging weiter. Wieder hörte Tom
den Hammer fallen: Emmelines Mutter war verkauft.
Sie warf sich ihrem Herrn zu Füßen und flehte:
»Bitte, Master, kaufen Sie auch meine Tochter!«
Der Mann zog bedauernd die Schultern hoch: »Das
hübsche Kind wird mir wohl zu teuer sein.«
Als Emmeline mit beschämt niedergeschlagenem
Blick auf den Bock stieg, drängte sich Toms neuer
Herr nach vorne. Er bot, bis alle anderen achsel-
zuckend aufgeben mußten. Und mit dem letzten
Hammerschlag gehörte das Mädchen ihm!

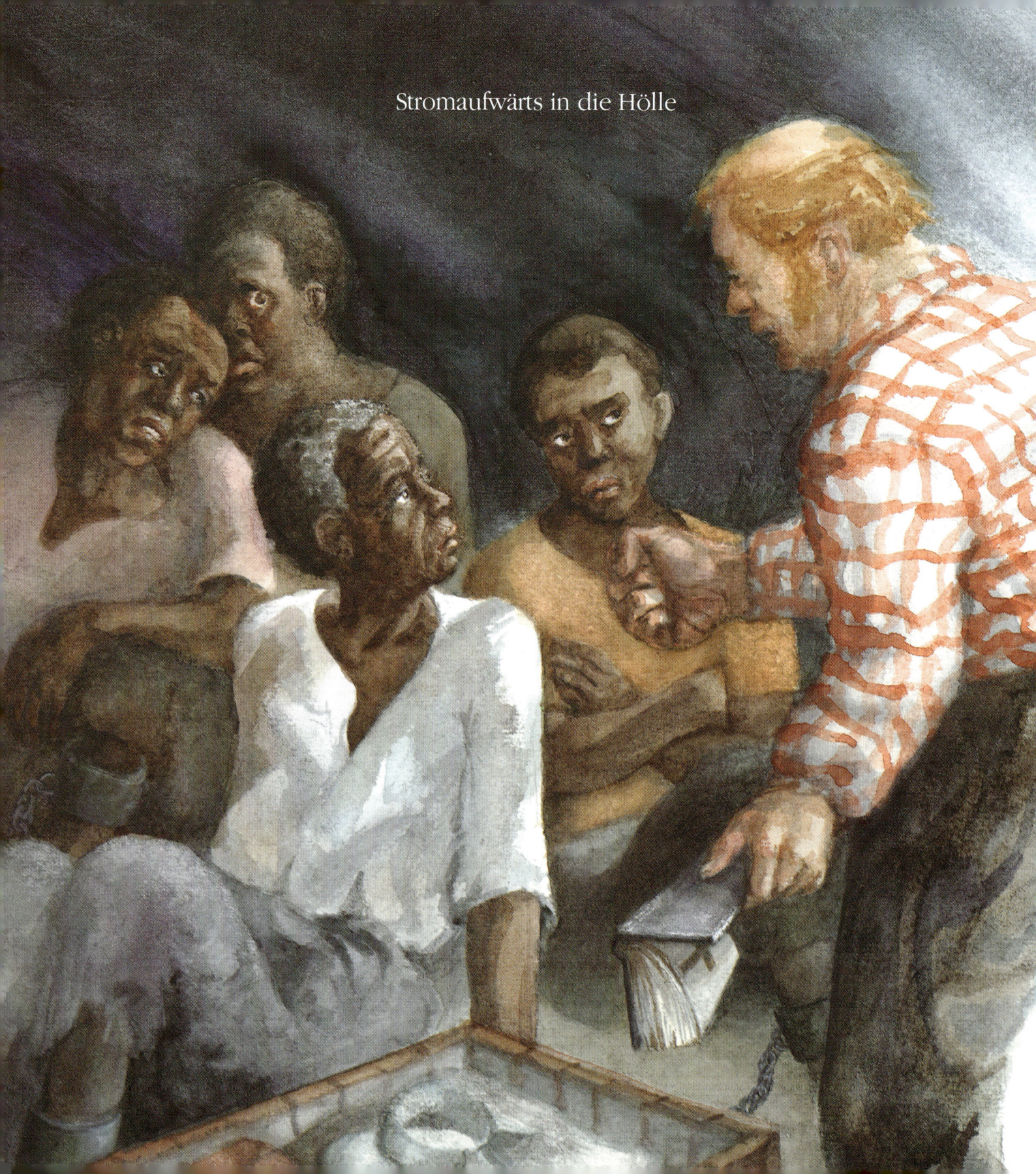

Toms und Emmelines neuer Herr hieß Legree und besaß eine Bauwollplantage am Red River. Er trieb die beiden zum Hafen hinunter, wo ein schäbiger, kleiner Dampfer, die »Pirat«, vor Anker lag. Das Deck war schon voll von Passagieren, und kaum war Legree mit seiner lebenden Fracht an Bord, setzte sich das Schiff in Bewegung.

Legree stieß Tom und Emmeline zum hinteren Verdeck. Dort kauerten sechs Sklaven, darunter auch eine Frau, die er offenbar schon am Vortag ersteigert hatte. Sie waren paarweise aneinandergekettet, und Legree legte auch Emmeline und Tom in schwere Eisen. Dann stellte er sich breitbeinig vor seinen neuen Besitz und tippte Tom mit der klobigen Stiefelspitze an. »Steh auf«, befahl er.

Mühsam erhob sich der gefesselte Schwarze.

»Glaubst wohl, du bist ein feiner Pinkel«, sagte Legree und riß ihm den Kragen herunter. Tom hatte für die Versteigerung seinen besten Anzug anziehen müssen, und das schien Legree zu ärgern. Er kramte in Toms Korb herum und warf ihm alte Hosen und eine zerschlissene Jacke zu, die Tom im Stall getragen hatte. »Umziehen«, knurrte er. Doch er mußte selbst einsehen, daß Tom diesen Befehl mit gefesselten Händen nicht ausführen konnte. Also nahm er ihm die Handschellen ab – und während sich Tom umzog, beugte er sich über Emmeline.

»Na, Schätzchen«, grinste er, »wir beide werden uns sicher gut vertragen!« Entsetzt zuckte Emmeline zusammen, und Legree runzelte zornig die Stirn. »Dir werde ich schon noch den schmachtenden Blick beibringen, den Legree bei Mädchen so sehr liebt.«

Und mit einem dreckigen Lachen wandte er sich wieder zu Tom. »So gefällst du mir schon besser. Mal sehen, was dein Korb noch zu bieten hat.«

Legree legte Tom die Handschellen wieder an und wühlte erneut in dessen Habseligkeiten. Zitternd stand Tom da, doch unter dem Hemd fühlte er Roberts Münze, Evas Haarlocke und seine geliebte Bibel. Das gab ihm Kraft, als Legree dies und jenes aus dem Korb zerrte und verächtlich über die Schulter in den Fluß warf.

Beim Gesangbuch stockte er: »Oha, nicht nur ein feiner Pinkel, sondern auch ein Frommer.« Und er trat ganz nahe an Tom heran und zischte: »Ich dulde keine betenden und singenden Nigger auf meiner Plantage, daß du es nur weißt!«

Dann nahm Legree Toms guten Anzug und die anderen Sachen, die ihm wertvoll erschienen, und schlenderte damit aufs Vorderdeck. Er verkaufte Stück für Stück davon an eine Gruppe von Matrosen, deren abfälliges Gelächter und Gejohle Tom noch lange in den Ohren klang.

Wenig später kam Legree zurück. »So, Herrschaften, Zeit für eine Begrüßungsrede«, rief er mit lauter Stimme, so daß auch einige Passagiere neugierig näher traten. Er streckte seine grobe Hand aus und ballte sie zusammen. »Seht ihr diese Faust?« schrie er. »Sie ist hart wie Stahl geworden, so viele Nigger habe ich damit zu Boden geschlagen!«

Tom und die anderen Sklaven senkten mutlos die Köpfe. Da rief ein Passagier: »Mir scheint, Ihr Herz ist ebenso hart wie Ihre Faust!«

Eine größere Schmeichelei hätte er Legree nicht sagen können. »Recht haben Sie«, lachte er stolz. »Da gibt's nicht eine weiche Faser, und drum legt mich auch keiner rein!«

Ein anderer Passagier mischte sich ein. »Wie ich sehe, haben Sie da gute Leute gekauft. Wie lange macht's bei Ihnen einer so im Schnitt?«

Legree spuckte eine Ladung Tabak aufs Deck. »Die zähen Burschen etwa sieben Jahre, die anderen sind manchmal schon nach ein, zwei Jahren hin . . .«

Der Passagier klopfte Legree anerkennend auf die Schulter. »Mein Name ist Norman! Wollen Sie ein Glas mit mir trinken?«

Diese Einladung nahm Legree nur allzugerne an. Denn er schätzte Branntwein fast noch mehr als stahlharte Fäuste und eingeschüchterte Sklaven.

Die anderen Passagiere schimpften noch eine Weile über die Grausamkeit mancher Baumwollpflanzer, doch bald hatte sich das Deck geleert. Nur die gefesselten Sklaven mußten bleiben – und als es Nacht wurde, sah Tom weder die Sterne noch den Mond . . .

Früh am nächsten Morgen hielt die »Pirat« an einer halb verfallenen Anlegestelle. Der Dampfer spuckte Legree mit seinem Häufchen Sklaven aus – sonst verließ an diesem gottverlassenen Ort keiner das Schiff.

Unweit des Stegs befand sich eine Spelunke, wo Legree Wagen und Pferde eingestellt hatte. Und wenig später trotteten Tom und seine männlichen Leidensgenossen, einer an den anderen gefesselt, hinter dem rohen Bretterwagen her. Legree saß auf dem Kutschbock, und hinter ihm, noch immer in schweren Fußeisen, kauerten die beiden Frauen. Der holprige Pfad führte durch dürre Pinienwälder und endlose Sümpfe immer tiefer in eine trostlose Öde hinein. Nichts Lebendiges begegnete ihnen – außer hin und wieder eine Schlange, die lautlos zwischen Baumstümpfen und fauligen Ästen ins Wasser glitt. Die Sonne flirrte erbarmungslos vom Himmel, und bald klebten Tom und seinen Gefährten die Kleider am Leib und die Zunge am Gaumen.

Legree allerdings litt keinen Durst. Er setzte häufig die Schnapsflasche an die Lippen und seine Stimmung wurde immer besser. »Ho, Burschen«, schrie er nach hinten, »Schluß mit dem Trauermarsch! Los, stimmt ein munteres Lied an!«

Als die völlig erschöpften Sklaven nicht sofort gehorchten, ließ Legree drohend die Peitsche knallen, und Tom begann zögernd ein Lied, das er aus dem Gesangbuch kannte.

Wütend fuhr Legree auf. »Halt's Maul, verfluchter Nigger«, schrie er. »Glaubst du, ich will diesen heiligen Schmus hören? Was Lustiges singt!«

Einer der Schwarzen stimmte schnell ein Spottlied an, das zu jener Zeit jedes Sklavenkind kannte:

> »Master sah mich Waschbär fangen,
> ho, Burschen, ho!
> Platzt vor Lachen – Mond auf Stangen,
> ho, Burschen, ho!«

Legree schien das Lied zu gefallen. Zufrieden grunzend nahm er wieder einen Schluck aus der Flasche, und schon nach der dritten Strophe grölte er beim Refrain lauthals mit: »Ho, Burschen, ho . . .«

Stundenlang ging der Marsch dahin, und ebenso lange mußten Tom und die anderen das Lied singen. Als sie schon glaubten, vor Erschöpfung, Durst und Heiserkeit zusammenzubrechen, tauchte in der Ferne die Umzäunung einer Plantage auf.

Legree griff nach hinten und kniff Emmeline in die Wange: »So, mein Schätzchen, jetzt sind wir zu Hause. Und wenn du nett zu mir bist, wirst du ein Leben führen wie 'ne feine Dame.«

Diesmal fiel ihm gar nicht auf, daß Emmeline voller Ekel zurückzuckte. Der Wagen rumpelte auf den Vorplatz eines verwahrlosten Gebäudes, und Legree richtete sich auf und brüllte: »Ho, Burschen, wir sind da!«

Augenblicklich stürzte eine kläffende Hundemeute herbei, dicht gefolgt von zwei riesigen Schwarzen.

Nur mit großer Mühe konnten diese die Hunde zurückhalten, die geifernd über Tom und seine Gefährten herfallen wollten.

»Da seht ihr, was euch erwartet, falls ihr auf die Idee kommt, abzuhauen«, sagte Legree und sprang vom Wagen. »Meine Schoßhündchen fressen nämlich für ihr Leben gern flüchtende Nigger, nicht wahr, Quimbo, hab ich recht, Sambo?«

Die zwei kräftigen Schwarzen grinsten breit, nickten und begrüßten ihren Master voller Unterwürfigkeit.

»War was los, Sambo?« fragte Legree.

»Ist alles prima gelaufen, Massa«, versicherte der Angesprochene eifrig.

»Und du, hast du alles getan, was ich dir aufgetragen habe?« wandte sich Legree an Quimbo.

»Ja, doch Massa, Quimbo tut alles, was Massa befiehlt!« dienerte dieser, wobei er nach Sambo schielte. Die beiden waren Legrees wichtigste Sklaven. Er hatte sie von klein auf zu roher Gewalt erzogen und dann zu Aufsehern gemacht. Sambo und Quimbo waren eifersüchtig aufeinander und wurden von den übrigen Sklaven sehr gehaßt. So konnte Legree sicher sein, stets von einer der beiden Seiten zu erfahren, was auf seinem Besitz vor sich ging.

»Sambo, zeig den Neuen ihre Hütten«, befahl Legree. »Und dieses Weib da ist für dich!« Er löste der Farbigen, die an Emmeline gekettet war, die Fesseln und stieß sie vom Wagen hinunter.

»Master, ich bin verheiratet«, schrie sie entsetzt, doch Legree hatte dafür nur ein hämisches Grinsen.

»Hier gilt dein Trauschein nichts. Denn hier ist die Hölle, und dieser schwarze Teufel da ist ab heute dein geliebter Mann ... ho, ho, Burschen, ho ...« Sambo und Quimbo stimmten in das Gelächter ein. Dann trieb Sambo die Männer zu den Baracken.

»Und du, Kleine, kommst mit mir«, wandte sich Legree an Emmeline. »Hier geht's lang ins Paradies.«

Tom hatte die letzten Worte Legrees noch gehört. Besorgt blickte er über die Schulter zurück. Er sah, wie Legree das widerstrebende Mädchen ins Haus zog. In diesem Augenblick löste sich eine große, schwarze Gestalt aus dem Dunkel des Türrahmens. Es war eine ältere, vornehm wirkende Mulattin, die früher einmal sehr schön gewesen sein mußte. Sie war wohl schon die ganze Zeit dort gestanden und hatte die Ankunft der neuen Sklaven beobachtet. Tom hörte, wie sie in zornigen Worten auf Legree einsprach. Dann schloß sich die Tür – zuerst die des Wohnhauses und fast gleichzeitig die löchrige Brettertür der Holzbaracke.

»Da könnt ihr schlafen, wenn ihr von der Arbeit kommt«, sagte Sambo und deutete in eine Ecke. »Ist

die allererste Adresse hier. In den anderen Baracken liegen sie schon übereinander.«

Tom sah sich um. Auf dem nackten Lehmboden lag schmutziges Stroh – das war aber auch schon alles. Kein Bett, kein Stuhl, kein Tisch, nicht die Spur eines Winkels, in den er sich zum Beten oder Nachdenken hätte zurückziehen können ...

Es war schon weit nach Sonnenuntergang, als Tom seine Mitbewohner zu Gesicht bekam. In Scharen strömten sie von den Feldern herein: Männer, Frauen und halbe Kinder, denen der Schweiß aus allen Poren dunstete. Ihre Kleider waren schmutzig und zerfetzt, manche hatten kaum einen ganzen Faden am Leib.

Insgesamt wirkten sie von der harten Arbeit des Baumwollpflückens mehr tot als lebendig, trotzdem begann sogleich ein keifender Streit um einen Platz an den wenigen Handmühlen. Denn jeder wollte zum Abendessen Mais für seine Fladen mahlen und alle versuchten, sich mit Stößen, Knüffen und Tritten in der Warteschlange vorzudrängen.

In das Gefluche und Geschimpfe hinein tönte plötzlich Sambos Stimme. »Heda«, schrie er und warf der Frau, die ihm Legree geschenkt hatte, ein Säckchen Mais vor die Füße. »Du bist jetzt meine Frau. Also mahl gefälligst Mais und mach mir mein Abendbrot.« Die Mulattin wehrte sich mit dem Mut der Verzweiflung: »Ich bin nicht deine Frau, laß mich in Ruhe!«

»Holla, du willst wohl einen Fußtritt?« fragte Sambo und baute sich gefährlich nahe vor ihr auf. Da senkte die Mulattin den Kopf, bückte sich nach Sambos Mais und reihte sich in der Warteschlange ein.

Weit nach Mitternacht hatte auch Tom seine Portion Mais gemahlen und den trockenen Fladen verzehrt. Er war so müde, daß er sich kaum mehr auf den Beinen halten konnte. Neben der körperlichen Erschöpfung verspürte er vor allem Hoffnungslosigkeit: Hier, wo er nun leben sollte, hatte er bisher nichts als stumpfe, leere Gesichter gesehen. Kein freundliches Wort war auch nur einem der Arbeiter über die Lippen gekommen – und Tom hörte wieder Legrees spöttische Stimme: »Hier ist die Hölle ...«

»Nein«, flüsterte er und tastete nach der Bibel unter seinem Hemd. Alle Arbeiter waren bereits in die Baracken gegangen, und Tom saß als einziger noch an der Feuerstelle, wo die Maisfladen gebacken worden waren. Bei dem verglimmenden Lichtschein las er einige Zeilen, wobei sein Zeigefinger mühsam Wort um Wort entlangfuhr. Irgendwann sank sein Kopf auf die Brust, wie ein Stein rollte er zu Boden und schlief augenblicklich ein . . .

Aufgeregtes Schreien, Pferdegetrappel, Peitschenknallen und wütendes Hundegekläff ließ ihn hochfahren. »Sie ist da drüben . . . faßt sie, bevor sie's in die Sümpfe schafft . . .!« hörte er Legrees befehlende Stimme, und Quimbo schrie zurück: »Tot oder lebendig?« »Ist mir egal . . . Hauptsache, ihr kriegt das Miststück«, tobte Legree.

Die Stimmen, die Pferde, die Peitschen und die Hunde kamen näher, in Richtung der erloschenen Feuerstelle, wo Tom mit weit aufgerissenen Augen die wilde Jagd auf sich zukommen sah. Und dann erhellte der Schein der Fackeln eine gräßliche Szene, die sich für immer in Toms Gedächtnis einbrannte:

Bekanntschaft mit der Peitsche

Am nächsten Morgen erfuhr Tom mehr über sein nächtliches Erlebnis. Eine von Legrees Hausklavinnen hatte die Flucht gewagt. Dabei war sie von Quimbo beobachtet worden, der sogleich Alarm schlug und die Hunde von der Leine ließ. Alles weitere hatte Tom selbst gesehen. Doch was mit der armen Frau, die von den Hunden halb zerrissen und von Legree weggeschleppt worden war, weiter geschah, konnte niemand sagen. Jeder zuckte mit den Schultern. Aber hinter vorgehaltener Hand begann ein Munkeln von schrecklichsten Dingen . . .

Nach diesem Ereignis kehrte rasch wieder der stumpfe Alltag auf der Plantage ein. Jeden Morgen, beim ersten Hahnenschrei, zogen die Sklaven in Kolonnen auf die Felder. Tom hatte rasch erkannt, daß er mit Fleiß und Schnelligkeit den ständig drohenden Peitschen und Gemeinheiten der Aufseher entkommen konnte – und so pflückte er schweigend und stetig vor sich hin.
Legree sah bald, daß er mit Tom einen Glücksgriff getan hatte – doch was ihm mißfiel, war Toms offensichtliches Mitleid mit den Schwachen, Kranken und

Geprügelten. Das paßte nicht in seine Pläne, denn er wollte aus Tom einen Oberaufseher machen – und dazu gehörte mitleidlose Härte. Also beschloß Legree, Tom hart zu machen.

Eines Morgens bemerkte Tom unter den Arbeiterinnen ein neues Gesicht. Es war jene hochgewachsene Mulattin, die er bei seiner Ankunft in Legrees Tür gesehen hatte. Die anderen Sklaven schienen die Frau gut zu kennen. Trotzdem rückten sie weit von ihr ab, als die Kolonne in Richtung Baumwollfelder zog. Von allen Seiten hörte Tom Getuschel und Geflüster: »Endlich wird sie erfahren, wie Arbeit schmeckt.« »Hat lang genug gefaulenzt, diese Hexe!« »Ha, der wird die Peitsche guttun!«

Obwohl die Mulattin die Beschimpfungen sehr wohl hörte, bewegte sie sich stolz und aufrecht. Auf dem Feld zeigte sich sogleich, daß sie eine hervorragende Arbeiterin war: Im Handumdrehen hatte sie den Boden des Korbes mit Baumwolle bedeckt, und dieses Tempo behielt sie den ganzen Tag über mühelos bei.

Tom mußte immer wieder zu ihr hinübersehen. Irgend etwas an der Frau beeindruckte ihn. Als er abermals aufblickte, bemerkte er, daß die Arbeiterin neben ihm sich kaum mehr auf den Beinen halten konnte. In ihrem Korb lag erst ein klägliches Häufchen Baumwolle. Ohne Überlegung warf Tom drei tüchtige Handvoll dazu.

Doch er hatte nicht mit Sambos Adleraugen gerechnet. Wie aus dem Boden gewachsen, stand der Aufseher plötzlich da und brüllte: »Ha, betrügen wollt ihr mich!« Und er schlug Tom mit der Peitsche ins Gesicht. Der Frau aber versetzte er einen derartigen Tritt, daß sie ohnmächtig zu Boden fiel.

Am Abend mußten die Sklaven wie immer ins Lagerhaus, um ihre Körbe abwiegen zu lassen. Hatte jemand das erforderliche Gewicht nicht erreicht, gab Legree erbarmungslos die Peitsche. Tom hatte deshalb der schwachen Frau weiterhin heimlich geholfen, und er war sicher, daß ihr Korb nun schwer genug war.

Sie torkelte damit zur Waage. Da trat Sambo heran und flüsterte Legree etwas ins Ohr. Beide schauten zu Tom herüber, und plötzlich schien der bis dahin grimmig wirkende Legree bester Laune zu sein. Betont langsam stellte er den Korb auf die Waage. »Schon wieder zu wenig, du faules Biest«, brüllte er los. »Na warte, du wirst es kriegen!«

Tom hatte genau gesehen, daß das Gewicht in Ordnung war. Er wollte schon aufbegehren, als die Mulattin vortrat und ihren prallvollen Korb verächtlich vor Legree hinknallte.

»Nun, Cassy, wie hat dir die Arbeit geschmeckt?« fragte Legree spöttisch. Die mit Cassy Angeredete antwortete etwas auf Französisch, das niemand verstand. Doch die Wirkung auf Legree war bemerkenswert: Er wurde schlagartig weiß im Gesicht und ließ es ohne Widerspruch zu, daß sich Cassy mit einem verächtlichen Blick abwandte und auf das Haus zuging.

Erst als sie verschwunden war, kam wieder Leben in den stämmigen Mann: »Tom, komm her«, rief er. Tom gehorchte, obwohl er sah, daß sich Sambo und Quimbo erwartungsvoll grinsend mit der Peitsche in der Hand hinter ihrem Master aufgebaut hatten.

»Du bist mir zu weich in deinem verflucht schwarzen Herz«, sagte Legree und zeigte seine tabakgelben Zähne. »Ganz schlecht für einen zukünftigen Aufseher, brauchst ein bißchen Training ...« Und er nahm Sambo die Peitsche aus der Hand und zeigte damit auf die Sklavin, die angeblich zuwenig Baumwolle gepflückt hatte: »Los, Tom, peitsch sie aus!« Entsetzt wich Tom zurück. »Nein, Master, das kann ich niemals tun, das kann ich nicht!«

Die Weigerung war kaum ausgesprochen, da hob Legree die Peitsche und zog Tom einen Schlag quer übers Gesicht. »So, du kannst nicht«, schrie er, »vielleicht hilft dir das auf die Sprünge!«

Ruhig wischte sich Tom das Blut von den Lippen, was Legree noch zorniger machte. »Du hast mir zu gehorchen, ich bin dein Herr. Du gehörst mir, mit Haut und Haar, samt deiner stinkfrommen Seele!« Tom richtete sich hoch auf. »Nein, Master, meine Seele haben Sie nicht gekauft, die kann keiner kaufen. Die gehört mir, und sie sagt mir, daß es nicht richtig ist, Mensch oder Tier zu schlagen!«

»So, nicht richtig«, schrie Legree, und seine Stimme überschlug sich vor schäumender Wut. »Dir werd ich zeigen, was richtig ist! Sambo, Quimbo, knüpft euch den Kerl vor! Aber richtig, hört ihr! Damit er noch nach Monaten vor Schmerzen seine verdammte Seele nicht spüren wird!«

Darauf hatten die beiden nur gewartet. Mit rohem Lachen stürzten sie sich auf Tom und schleppten ihn fort. Keine Minute später hörte man auf dem gesamten Anwesen das schneidende Klatschen auf nackter Haut, immer und immer wieder. Die Sklaven waren merkwürdig still bei ihrem allabendlichen Kampf um die Maismühlen – und als das Peitschenknallen endlich abbrach, seufzten einige erleichtert auf.

Es war stockfinstere Nacht, als Tom wieder zu sich kam. Sein Körper war eine einzige Wunde. Er leckte mit der Zunge über die geschwollenen Lippen und stöhnte: »Wasser, gebt mir Wasser!«

Doch wer hätte ihn schon hören sollen, in dem abgelegenen Geräteschuppen, wohin Sambo und Quimbo den Bewußtlosen geworfen hatten wie einen alten Sack?

Keiner – oder? Vorsichtig wurde die Schuppentür geöffnet, und ein Lichtschein zitterte näher. Eine sanfte Hand legte sich auf Toms fiebrige Stirn. Sein Kopf wurde behutsam hochgehoben, und dann spürte Tom kühles Wasser in seine Kehle rinnen.

Er trank gierig drei volle Becher. Dann öffnete er mühsam die verklebten Augen, um seinem Wohltäter zu danken. Es war Cassy.

Sie bettete Tom auf einen Strohsack, über den sie feuchte Tücher gebreitet hatte. Dann verband sie seine Wunden. »Das ist alles, was ich für dich tun kann«, flüsterte sie. »Aber etwas will ich dir noch sagen: Dein Widerstand gegen Legree ist sinnlos, er ist der Stärkere. Ich weiß, wovon ich rede. Er hat mich als junges Mädchen gekauft, genauso wie diese Emmeline. Und dann hat er mich so lange windelweich geprügelt, bis ich alles tat, was er von mir verlangte. Er ist der Teufel in Person, und wenn ich könnte, würde ich ihn umbringen!«

»So darfst du nicht sprechen, Cassy, mein Gott«!

»Nach Gott brauchst du nicht zu rufen«, sagte Cassy spöttisch. »Hier ist die Hölle, glaubst du's endlich? Rette deine eigene Haut, Tom! Sei nicht so dumm, daß du den anderen von deiner Baumwolle in den Korb stopfst. Sie würden über dich herfallen wie die Hyänen, wenn es zu ihrem Vorteil wäre ...!«

Tom war zu schwach, um diesen bitteren Worten etwas zu entgegnen. Statt dessen blickte er Cassy mit soviel Dankbarkeit an, daß dieser ganz seltsam zumute wurde. Schnell stand sie auf: »Du brauchst Ruhe. Versuch zu schlafen.« Und ebenso leise wie sie gekommen war, verschwand sie in Richtung Haus. Legree saß im Wohnzimmer und stierte trübsinnig ins Feuer. Er ärgerte sich über sich selbst, denn eigentlich hätte er Toms Arbeitskraft dringend gebraucht. Es war mitten in der Erntezeit, und nun lag dieser verdammte Kerl halbtot im Schuppen und würde mindestens zwei Wochen unbrauchbar sein! Lautlos war Cassy hinter Legree getreten. Zu Tode erschrocken fuhr er auf, dann sank er erleichtert wieder in den Sessel: »Ach, du bist's, Teufelsweib. Hat dich der Tag auf den Feldern noch immer nicht vernünftig gemacht?«

»Nein«, sagte Cassy kalt und setzte sich in einen weit entfernten Stuhl.

Legree kratzte sich unbehaglich am Kopf. Er hatte Angst vor Cassy. Seit Emmeline im Haus war, machte sie ihm tagtäglich die Hölle heiß. Er hatte geglaubt, ein Tag Feldarbeit würde ihren Kampfgeist dämpfen, doch nun mußte er einsehen, daß er sich getäuscht hatte. Wütend goß er sich sein Glas randvoll mit Schnaps. Da klopfte es, und Sambo trat unterwürfig in den Raum. Er hielt Legree wortlos etwas hin, das mit Papier umwickelt war.

»Was ist das?« fragte Legree mißtrauisch.

»Ein Zauber, Massa. Die Nigger kriegen's von den Hexen, daß sie die Peitsche nicht spüren. Der Neue trug es um den Hals.«

Legree öffnete das Papier mit größter Vorsicht. Ein Silberdollar rollte zu Boden, und eine blonde Haarlocke schlang sich wie lebendig um seinen Finger.

»Verflucht«, schrie Legree, »der Nigger will mich wohl verhexen!« Mit panischer Angst in den Augen schleuderte er die Locke ins Feuer, lauschte noch kurz auf das Zischen und stürzte leichenblaß hinaus.

Der Silberdollar war genau vor Cassys Füße gerollt. Sie starrte ihn an – und plötzlich kam ihr eine Idee . . .

Bereits nach einer knappen Woche mußte Tom wieder hinaus auf die Felder. Es war Erntezeit, und Legree trieb jeden Arbeiter bis zum äußersten an. Viele brachen zusammen und standen nicht mehr auf. Dann verschwand Legree für ein, zwei Tage und kam mit neuen Sklaven wieder.

Toms Wunden waren noch nicht verheilt. Vor allem das Tragen des schweren Korbes bereitete ihm große Schmerzen – aber viel schlimmer spürte er einen inneren Schmerz, der seit der Auspeitschung an seiner Seele fraß und alles dunkel machte . . .

Und Tom war doch so sicher gewesen, daß nichts und niemand seine Gelassenheit erschüttern könne! Alles, was er bisher erlebt hatte – die Trennung von Chloe und den Kindern, der Abschied von Master Robert, der Tod Evas und St. Clares, die schmachvolle Versteigerung, die rohe Gewalt auf Legrees Plantage – all dies hatte er ertragen können, weil ihm die Bibel Halt und Hoffnung gegeben hatte.

Seit der Auspeitschung war alles anders. Die Peitsche hatte einen winzigen Riß in Toms Seele hinterlassen und durch diesen Riß sickerte ganz allmählich Dunkelheit ein, die Toms Vertrauen in das Gute auf der Welt immer mehr zu verdecken begann. Er wurde mürrisch, reizbar, grüblerisch.

Wenn er spätnachts von den Feldern kam, warf er sich gleich nach dem Essen auf sein Strohlager und versuchte zu schlafen. Doch er wälzte sich oft bis zum Morgengrauen herum, und ihm kamen die bösesten Gedanken: Waren nicht all diese geschundenen Sklaven rundherum der Beweis für die Macht des Teufels? Hatte Cassy nicht recht gehabt mit ihrer bitteren Rede? War diese Plantage tatsächlich die Hölle, wo man nur bestehen konnte, wenn man sich Legrees teuflischen Gesetzen unterwarf? Und war Master Robert nicht ein Lügner, der sein Versprechen längst vergessen hatte und ihn hier verrotten ließ . . .?

Eines Nachts trieb ihn die Grübelei zurück an die Feuerstelle. Mit finsterem Blick starrte Tom in die verglimmende Glut. Er war an dem Punkt völliger Verzweiflung angelangt und nur aus alter Gewohnheit griff er nach der Bibel. Schon nach dem zweiten Wort klappte er sie seufzend wieder zu – es war vergeblich, in ihm blieb es dunkel und wirr.

Da hörte er ein böses Lachen hinter sich. Er sah auf: vor ihm stand Legree.

»Wie ich sehe, hilft dir deine Bibel auch nicht mehr weiter! Ich hab's ja gewußt, daß man dir deine Frömmigkeit herausprügeln kann!«

Tom schwieg. Doch Legrees Hohn tropfte in den winzigen Riß in seiner Seele und brachte die Dunkelheit auf seltsame Art zum Brodeln.

Legree fuhr fort: »So blöd wie du können wirklich nur Nigger sein. Du hättest alles haben können: Whisky, feine Kleider, Frauen und 'nen Haufen Macht. Sogar Quimbo und Sambo müßten vor dir kriechen, wenn du nur endlich Vernunft annehmen würdest. Los, mach schon, wirf diesen frommen Plunder ins Feuer, besser, du hältst dich an mich und meine Gesetze!«

Die Dunkelheit in Toms Seele schien plötzlicher Helligkeit zu weichen. »Nein, Master«, hörte er sich leidenschaftlich sagen, »ich halte mich an meine Seele. Und die sagt mir, daß Ihre Gesetze nicht richtig sind.«

Legrees feistes Gesicht verfärbte sich. Einem ersten Impuls folgend, wollte er Tom schlagen. Doch dann spuckte er vor seine Füße und fauchte: »Dich krieg ich klein, verlaß dich drauf. Und wenn's mich dein verfluchtes Niggerleben kostet!«

Am nächsten Morgen ging neben all den gebückten und zerlumpten Sklaven einer mit geradem Rücken und hoch erhobenem Kopf auf die Felder hinaus. Es war Tom.

Als hätte ihn über Nacht ein Zauberstab berührt, marschierte er gelassen der mühevollen Arbeit entgegen. Die Dunkelheit war verflogen, und das breite Gesicht strahlte wieder seine stille Heiterkeit aus.

»Was, zum Teufel, ist in Tom gefahren?« sagte Legree zu Sambo. »Gestern noch ist er vor Trübsinn mit dem

Kopf am Boden gekrochen, und heute trägt er ihn hoch, als wär' er ein freier Mann!«

»Vielleicht hat er 'nen Plan geschmiedet, letzte Nacht, 'nen Plan zur Flucht«, mutmaßte Sambo.

Legree grinste: »Das möchte ich erleben, daß dieser Nigger wegläuft, du nicht auch?«

Sambo lachte unterwürfig mit: »Aber klar doch, Massa, die armen Hunde haben schon lang nichts Richtiges zu fressen bekommen . . .«

»Halt ein scharfes Auge auf Tom!« befahl Legree. Dann stieg er auf sein Pferd, um in die nächste Stadt zu reiten: Zwei frische Sklaven waren fällig!

Auch die anderen Plantagenarbeiter bemerkten Toms Veränderung. Zuerst tippten sie sich an die Stirn und spotteten: »Ist wohl verrückt geworden, dieser Tom. Wie sonst könnte er noch lachen, bei all der Schinderei.«

Doch mit der Zeit gewann der ruhige, immer hilfsbereite Tom eine seltsame Macht über die anderen Sklaven. Das Gerangel rund um die Maismühlen wurde merklich weniger, wenn er in der Nähe stand; und immer öfter geschah es, daß er bei seiner späten Bibelstunde an der Feuerstelle Gesellschaft hatte.

»Lies uns vor, Tom«, baten die Sklaven, und Tom tat es: Wort für Wort fuhr sein Zeigefinger an den Sätzen entlang, und seine holprige Stimme vermischte sich mit dem Prasseln des Feuers . . .

Am nächsten Sonntag hatten die Sklaven frei. Die Erntezeit war vorüber, und selbst Legree sah ein, daß Menschen nicht jahraus, jahrein ohne Rast schuften können. Sambo und Quimbo leisteten ihrem Massa beim Trinken Gesellschaft, und so bemerkte keiner der drei, was in den Baracken vor sich ging: Maiskuchen wurden gebacken, leere Fässer aufgestellt, Türen klappten auf, und Türen klappten zu – bis sich eine Schar von Sklaven in Toms Baracke eingefunden hatte.

Und wie früher in Kentucky hielt Onkel Tom eine Versammlung ab: Es wurde getratscht, gelacht und gesungen, gegessen und getanzt. Und dann fing Tom zu sprechen an. Er sprach in einfachen Worten über Gott und die Welt, und er sprach über die menschliche Seele: »Die menschliche Seele ist unsterblich«, sagte er, »und auch der grausamste Herr kann euch eure Seele nicht aus eurer schwarzen Haut rausprügeln!«

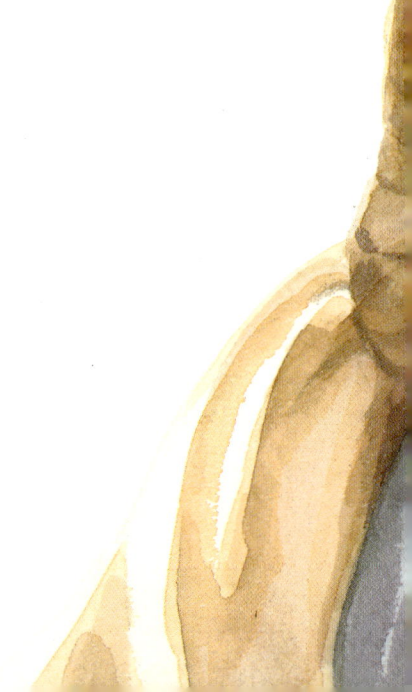

Allerlei Spukgeschichten

Als in Toms Baracke die Versammlung ihren Höhepunkt erreichte, waren auch Legree, Sambo und Quimbo am Gipfel ihres Rausches angelangt.

»He, Burschen«, grölte Legree, »jetzt holen wir uns die Kleine herunter. Kann noch immer nicht so richtig nett zu ihrem Massa sein, das dumme Ding. Müßte vielleicht mal eure Peitsche schmecken!«

Er erhob sich schwerfällig und torkelte zur Tür. Als er die Treppe hinaufwollte, stand – wie aus dem Boden gewachsen – plötzlich Cassy vor ihm. »Simon Legree«, sagte sie, »wage es nicht! Du weißt, ich habe den Teufel im Leib!«

Legree zuckte zurück, als hätte er tatsächlich den Leibhaftigen gesehen. Und dann schlich er wie ein geprügelter Hund ins Wohnzimmer zurück, um die nächste Flasche Schnaps zu köpfen . . .

Cassy ging zu Emmeline hinauf. Das Mädchen saß zitternd in der hintersten Ecke des Zimmers und starrte schreckerfüllt zur Tür. Als sie Cassy erkannte, warf sie sich ihr schluchzend in die Arme. »Ich dachte, er ist's. Mein Gott. Ich dachte, jetzt kommt er mich holen«, stieß sie immer wieder hervor und konnte sich nicht und nicht beruhigen.

Plötzlich sah Cassy sich selbst, wie sie vor vielen Jahren in eben diesem Zimmer gesessen war. Sie hatte genauso gezittert wie Emmeline, genauso geweint wie Emmeline – doch niemand hatte ihr geholfen . . .

»Beruhige dich, Emmeline«, sagte sie und strich dem Mädchen übers Haar. »Wir werden fliehen. Und ich habe auch schon einen Plan.«

Cassy hatte viel über die Idee nachgedacht, die ihr an jenem Abend beim Anblick von Toms Silbermünze gekommen war. Seit Cassy bei Legree war, hatte sie unzählige Fluchtwege ausgetüftelt und wieder verworfen, weil sie ihr aussichtslos erschienen waren. Doch dieser neueste Plan, der auf einer von Legrees größten Schwächen aufgebaut war, hatte ihr keine Ruhe mehr gelassen. Ja, er war verwegen – aber war es nicht hoch an der Zeit, alles oder nichts zu wagen?

Für ihr Vorhaben baute Cassy auf Legrees Aberglauben, den sie am Abend mit der Haarlocke und dem Silberdollar so genau beobachtet hatte. Diese panische Furcht vor allem Unerklärlichen – eine Furcht, die er mit den Sklaven teilte – gedachte Cassy auszunützen. Nachhelfen mußte sie natürlich schon – doch ein Gerücht, das sich seit Monaten hartnäckig unter den Leuten hielt, schien ihr das für ihre Zwecke geeignetste Mittel.

Das Gerücht betraf jene flüchtende Sklavin, die in Toms erster Nacht vor seinen Augen in die Zähne der Hunde gehetzt worden war. Legree hatte die Unglückliche damals weggeschleppt und auf den Dachboden gesperrt. Seither war sie nie wieder gesehen worden ... Doch von diesem Zeitpunkt an, so besagte das Gerücht, töne in hellen Mondnächten Winseln, Stöhnen und Fluchen vom Dachboden herunter, und diese schaurigen Laute kämen bestimmt von keinem lebenden Menschen!

Bereits am nächsten Tag setzte Cassy den ersten Teil ihres Planes in die Tat um. Ohne Legree zu fragen, zog sie aus ihrem Schlafzimmer aus, das direkt unterm Dachboden lag. Sie trug gerade eine Truhe über den Gang, als Legree von einem Ausritt zurückkam.

»He, was soll das?« fragte er verdutzt.

»Siehst du doch, ich ziehe in ein anderes Zimmer«, gab Cassy schnippisch zurück. »Will endlich mal wieder richtig schlafen!«

Das ging nun völlig über Legrees Verstand: »Ja, kannst du denn nicht schlafen, soviel du willst?«

Cassy senkte ihre Stimme: »Wie soll einer bei diesem schaurigen Gestöhne und Herumgelaufe direkt überm Kopf noch schlafen können?«

Legree lachte gequält. Natürlich hatte auch er von dem Gerücht gehört, doch stellte er sich ahnungslos. »Gestöhne? Gelaufe? Was meinst du damit?«

Cassy trat ganz nahe an ihn heran und zischte: »Ich dachte, gerade du wüßtest darüber Bescheid!«

Legrees Reaktion bewies Cassy die Richtigkeit ihres Planes. Sein Gesicht verzerrte sich, und er holte fluchend mit der Reitpeitsche aus. Doch Cassy war

schneller. Sie schloß sich in ihrem neuen Zimmer ein. Legree tobte noch eine Zeitlang weiter, was Cassy bewies, daß sie ins Schwarze getroffen hatte. Als nächstes stieg Cassy auf den Dachboden, wo sie eine leere Flasche zwischen das löchrige Gebälk klemmte, so daß beim leisesten Windhauch schauriges Gewimmer ertönte. In stürmischen Nächten schwoll es zu gräßlichen Schreien an, die im ganzen Hause deutlich zu hören waren. Nein, nun konnte keiner mehr sagen, die schaurigen Laute vom Dachboden seien nur Einbildung! Sie waren so wirklich wie die täglichen Prügel – und schon nach wenigen

Tagen hätte sich jeder der Sklaven, einschließlich Sambo und Quimbo, lieber freiwillig unter Legrees Peitsche begeben als auch nur einen Fußbreit auf den Dachboden hinauf ...

Das war Teil zwei von Cassys Plan, und in der nächsten Sturmnacht sollte der dritte Teil in die Tat umgesetzt werden. Der Wind heulte ums Haus, riß an den Fensterläden und pfiff durch den Kamin herein. Legree saß vor dem flackernden Feuer, während Cassy ein Buch las. Vorher war sie unbemerkt auf den Dachboden gestiegen und hatte eine Luke geöffnet.

Legree hörte unruhig auf jedes Geräusch. Schließlich stand er auf und nahm Cassy das Buch aus der Hand. »Was liest du denn da?« fragte er.

Es war eine Sammlung von Spukgeschichten.

»Du glaubst doch nicht an Geister, Cassy, oder?« fragte Legree. Und beinahe schüchtern setzte er hinzu: »Diese Geräusche da, vom Dachboden herunter, die kommen doch gewiß von Ratten!«

Cassy antwortete nicht. Sie schaute ihn nur starr an. Sie wußte, wie unbehaglich sich Legree unter diesem Blick fühlte.

»Können Ratten eine Tür aufmachen, die du eigenhändig verschlossen hast? Können sie ins Zimmer kommen, näher, immer näher, bis ans Bett heran? Und können sie die Hand ausstrecken – so?«

Beim letzten Wort berührte sie ihn mit ihren kalten Fingern. Legree sprang entsetzt zurück und schrie hysterisch: »Warum, wieso? Wer tut das?«

Cassy sagte ruhig: »Wenn du wissen willst, wer das tut, brauchst du nur eine einzige Nacht in meinem ehemaligen Zimmer zu schlafen. Oder noch besser: Geh gleich mit mir auf den Dachboden, dann wirst du ja sehen ...«

Sie nahm eine Kerze und wandte sich zur Tür. Legree war jetzt völlig verstört. »Zum Teufel, bist du wahnsinnig, was tust du?«

Cassy lachte nur und ging zur Treppe. In diesem Augenblick begann die Standuhr zu schlagen: »Eins, zwei, drei, vier ...« zählte Cassy mit, und genau mit dem zwölften Gongschlag war sie bei der Dachbodentür angelangt.

»Simon Legree, die Geisterstunde hat begonnen«, rief sie zu dem stämmigen Mann hinunter, dem vor Furcht der Schweiß auf der Stirn stand. Sie öffnete die Dachbodentür. Ein heftiger Windstoß, der durch die offene Luke fuhr, löschte die Kerze. Gleichzeitig erklang ein klagender Schrei, daß Legree beinahe das Mark in den Knochen gefror!

Cassy war so hervorragend als Gespenst gewesen, daß Legree lieber seinen Kopf in den Rachen eines Löwen gesteckt hätte, als auf den Dachboden zu gehen ...

Ihr Plan schien zu gelingen.

Teil vier erledigte Cassy nach und nach. Sie schaffte Essen und Kleider sowie einige Bücher hinauf. Bald war das Vorratslager vollständig. Jetzt fehlte nur noch ein günstiger Moment, um Punkt fünf, den gefährlichen Hauptteil des Planes durchzuführen.

Er kam schneller als Cassy zu hoffen gewagt hatte. Legree war am späten Nachmittag zur benachbarten Plantage geritten. Cassy rief nach Emmeline. »Komm«, sagte sie, »es ist soweit.«

»Aber noch ist hellichter Tag! Man wird uns sehen!« protestierte Emmeline.

»Hoffentlich werden sie uns sehen! Das gehört zum Plan. Ich will dir jetzt alles erklären: Wir stehlen uns durch die Hintertür und laufen auffällig an den Baracken vorbei. Sambo und Quimbo werden sich sofort an unsere Fersen heften. Wir weichen in den Sumpf aus. Dorthin können sie uns nur mit den Hunden nach. Also müssen sie umkehren, um die Meute zu holen und Alarm zu schlagen. Währenddessen waten wir durch den Bach zurück, zur anderen Seite des Hauses. So können uns die Hunde nicht verfolgen, denn im Wasser verlieren sie unsere Spur.«

Emmeline hatte die Ältere voller Bewunderung angesehen. »Wie klug du bist! Wenn wir zurückkommen, wird das Haus wie ausgestorben sein, weil uns alle in den Sümpfen suchen . . .«

»Genau«, nickte Cassy. »Und dann verstecken wir uns für ein, zwei Wochen auf dem Dachboden, bis Gras über die Sache gewachsen ist. Dann können wir in Ruhe und ungesehen endgültig fliehen.«

Cassys Plan war genial. Und doch hätte er beinahe, um winzige Haaresbreite, nicht geklappt!

Sie hatten die letzte Baracke erreicht und schon den Sumpf vor Augen, als sie erwartungsgemäß eine Stimme hinter sich hörten: »Halt, stehenbleiben! Wohin wollt ihr?« Es war aber weder die Stimme Sambos noch Quimbos, sondern die von Legree! Das war zuviel für Emmeline. »O Gott, ich kann nicht weiter«, hauchte sie und drohte zusammenzufallen. Da zog Cassy ein Messer aus ihrem Kleid und zischte: »Ich bring dich auf der Stelle um, wenn du dich nicht zusammenreißt!«

Das half, und wie es half! Emmeline kam blitzartig wieder auf die Beine, und die beiden Frauen verschwanden in den Sümpfen.

Legree tobte und fluchte, doch in der einbrechenden Dunkelheit wagte er nicht, allein die Verfolgung aufzunehmen. Er rannte zum Haus zurück – und alles weitere verlief haargenau nach Cassys Plan.

Keine Menschenseele war zu sehen, als die Frauen ins Haus schlüpften. Bevor sie auf den Dachboden stiegen, ging Cassy an Legrees Schreibtisch. Sie nahm ein Bündel Geldscheine heraus.

»Aber das ist doch Diebstahl«, stammelte Emmeline.

Cassy lachte spöttisch auf. »Diebstahl! Willst du etwa auf der Flucht verhungern? Und außerdem hat Legree dieses Geld gestohlen: Schein um Schein hat er es den armen, schuftenden Leuten da draußen vorenthalten, die als einzigen Lohn verrecken dürfen!«

Das Dachbodenversteck erwies sich als richtig wohnlich. Doch an diesem ersten Abend in ihrem spukumwobenen Fluchtnest war den Frauen nicht nach Schlafen. Sie kauerten vor einem Astloch und schauten der Verfolgungsjagd zu.

Kreuz und quer irrten Fackeln durch die Sümpfe, und man hörte die zornigen Befehle und das Hundegekläff bis ins Haus. »Ist das nicht ein tolles Schauspiel?« lachte Cassy. Und Emmeline mußte ihr rechtgeben – obwohl ihre Knie immer noch zitterten . . .

Toms letzte Stunden

Legree jagte seine Leute und die Hunde bis zum Morgengrauen durch die Sümpfe. Er kämmte jeden Millimeter des Geländes durch: vergeblich. Die Geflüchteten waren und blieben wie vom Erdboden verschluckt.

Schließlich mußte er die Suche abbrechen. Die Pferde waren voller Schlamm, und den Hunden troff vor Erschöpfung der Schaum von den Lefzen. Auch Legree schäumte, allerdings innerlich: Er hatte noch nie zuvor eine derart mörderische Wut verspürt. Er brauchte dringend einen Blitzableiter, jemanden, den er in Grund und Boden treten konnte . . .

Tom. Tom fiel ihm ein. Tom, mit dem kaum merklichen Aufleuchten in den Augen, als er von der Flucht erfuhr. O ja, dieser Lump von Nigger hatte sich darüber gefreut! Und er hatte sich auch nicht an der Jagd beteiligt, trotz ausdrücklichen Befehls! Tom wußte etwas über das Verschwinden von Cassy und Emmeline, da war Legree jetzt absolut sicher.

»Quimbo!« rief er, kaum daß er aus dem Sattel war. »Hol mir sofort Tom her!«

Tom war tatsächlich in Cassys Plan eingeweiht. Und er ahnte auch, daß Legree dies mit dem Spürsinn des Bluthundes erraten hatte. Trotzdem stand er völlig ruhig vor dem wutentbrannten Mann. Er war entschlossen, kein Sterbenswörtchen zu verraten – komme da, was wolle!

Legree packte ihn am Kragen: »So, Bursche, ich schlage dich jetzt tot – außer, du verrätst mir, wo diese Drecksweiber sind!«

Tom schwieg.

»Hörst du nicht?« schrie Legree. »Mach sofort dein Maul auf!«

»Ich habe ihnen nichts zu sagen, Master«, antwortete Tom bedächtig.

Legree trat ganz nahe an ihn heran. Sein Blick war stechend, und seine Stimme klang wie Stahl: »Tom, ich mache keine Witze. Entweder du sprichst – oder du stirbst.«

Den Umstehenden stockte der Atem. Würde Tom reden? Da – ja, er öffnete den Mund und . . .

»Ich habe keine Angst vor dem Tod«, sagte Tom sehr leise. »Meine Schmerzen werden bald vorüber sein. Aber Sie, Master, Sie werden die schlimmsten Qualen leiden, wenn Sie nicht umkehren auf Ihrem Weg!«

Legree stand wie vom Donner gerührt. Es war so still, daß man das ferne Quaken der Frösche aus den Sümpfen hörte. Einen Augenblick lang – flackerte so etwas wie Zögern über Legrees Gesicht.

Dann schlug er Tom wutschäumend zu Boden.

Immer wieder trat er mit den schlammverkrusteten Stiefeln auf den Rücken des Opfers. »Schlagt zu, gebt es ihm!« brüllte er Quimbo und Sambo zu. »Ich will den letzten Tropfen Blut aus diesem Nigger rinnen sehen!«

»Es ist ohnehin schon fast vorbei mit ihm, Massa«, sagte Sambo. Irgend etwas an Toms Haltung hatte den baumstarken Schwarzen nicht ganz so fest zuschlagen lassen wie sonst. Fast fühlte er so etwas wie Achtung vor dem gekrümmt Daliegenden, dem nicht der leiseste Schmerzenslaut über die Lippen gekommen war.

Auch Quimbo senkte seine Peitsche: »Der hat nichts mehr nötig, Massa«, murmelte er.

Legree starrte den ohnmächtigen Tom an. Er blutete aus zahllosen Wunden. »Er soll zum Teufel gehen«, knurrte er, »schafft ihn weg.«

Sambo und Quimbo gehorchten. Sie schleppten den leblosen Tom in den Schuppen hinüber. Was sie danach taten, verstanden sie selbst nicht: Ohne sich miteinander zu besprechen, ohne einander anzusehen, begann Quimbo Toms Wunden zu verbinden, während Sambo ins Haus hinüber ging, um von Legree ein Glas Branntwein zu erbetteln: »Ich bin erschöpft vom Prügeln, Massa«, log er. »Brauch's als Stärkung.« Mit dem Branntwein schlich er zum Schuppen zurück.

Quimbo hatte inzwischen ein notdürftiges Lager aus alter Baumwolle gemacht. Darauf betteten sie den noch immer bewußtlosen Tom. Erst als ihm Sambo den Branntwein einflößte, kam ein schwaches Lebenszeichen:

»Danke«, flüsterte Tom.

Da spürten sogar die rohen Burschen einen Kloß im Hals, denn ein Dankeschön von demjenigen, den sie fast totgeprügelt hatten – das hatten sie als allerletztes erwartet. Mit gesenkten Köpfen trotteten sie aus der Scheune, jeder für sich – ohne ein Wort zu sprechen, ohne einander noch einen Blick zuzuwerfen . . .

Tom blieb stöhnend liegen. Sein Zustand wechselte zwischen tiefer Bewußtlosigkeit und Fieberträumen. Er sah die kleine Evangeline, wie sie lachend auf ihn zuflog und ihm einen Blumenkranz um den Hals legte. Er sah Tausende Peitschen auf gebückte, schwarze Rücken niedersausen. Er sah das spöttische Gesicht von St. Clare, der ihm zuwinkte und sagte:

»Bald bist du ein freier Mann.« Er sah seine Hütte in Kentucky. Rauch stieg aus dem Kamin, und Chloe hob mit glänzendem Gesicht den Kochtopf. Er sah den Sklavenspeicher und das von Schmerz zerfurchte Gesicht von Emmelines Mutter bei der Versteigerung. Er sah seine Kinder, wie sie lachten und rauften, und er sah den jungen Master Robert an der Schiefertafel . . . Robert. Das Versprechen. Wo war der Silberdollar? Warum war Robert nicht gekommen?

Während Tom am Rande des Bewußtseins vor sich hin phantasierte, war der junge Master Robert in Wirklichkeit nur wenige Meilen von Legrees Plantage entfernt.

Er hatte schwere Zeiten und eine lange Irrfahrt hinter sich. Vor fast zwei Jahren war Miß Ophelias Brief bei den Shelbys angelangt. Doch damals hatte Mr. Shelby das gelbe Fieber, an dem er nach langem Leiden schließlich starb. Robert mußte seiner Mutter zur Seite stehen. Das Ordnen der Angelegenheiten seines Vaters nahm ein weiteres halbes Jahr in Anspruch. So war es Robert, der inzwischen zum jungen Mann herangewachsen war, erst jetzt möglich gewesen, nach New Orleans zu reisen.

Dort hatte er viele Wochen vergeblich versucht, etwas über Toms Aufenthaltsort zu erfahren. Von einem Sklavenspeicher zum anderen war er gepilgert, bis er schließlich auf Mr. Skeggs gestoßen war. Es hatte einiger Silberdollar bedurft, bis sich dieser an Tom und dessen Käufer erinnern konnte.

Sofort bestieg Robert einen Dampfer den Red River hinauf. Es war – welch seltsamer Zufall – ausgerechnet die »Pirat«!

So kam es, daß Cassy und Emmeline von ihrem Astloch aus beobachten konnten, wie ein leichter Wagen durch die Allee heranrollte. Die beiden Frauen hatten vor wenigen Stunden hilflos mit ansehen müssen, wie Legree über Tom hergefallen war. Bedrückt verfolgten sie das weitere Geschehen.

Die Räder schlugen Funken auf dem Kies, so jäh hielt Robert die Pferde an. Er sprang vom Wagen: jung, entschlossen und voll Vorfreude auf das Wiedersehen mit Onkel Tom!

Vom ungewohnten Lärm aufgeschreckt, trat Legree aus dem Haus. Er hielt die Hand über die Augen und musterte den fremden Besucher mißtrauisch von oben bis unten.

Robert stellte sich vor. Dann kam er ohne weitere Einleitung zur Sache: »Sie haben in New Orleans einen Mann namens Tom gekauft.«

Unwillkürlich zuckte Legree zusammen. »Ja«, sagte er gedehnt. »Was ist mit ihm?«

Robert hob das Kinn. »Tom gehörte früher meinem Vater. Ich bin gekommen, ihn zurückzukaufen.«

Legree starrte den jungen Mann düster an. »War ein schlechtes Geschäft mit diesem Tom. Er ist der aufsässigste Nigger, der mir je untergekommen ist. Hat mir die Arbeiter versaut mit seinen frommen Sprü-

chen. Und die Sklavenweiber aufgehetzt. Zwei sind mir davongelaufen, waren zusammen fast zweitausend Dollar wert. Und dein verdammter Nigger will nichts darüber wissen, obwohl er unter die Peitsche kam!«

Roberts Stimme überschlug sich fast vor Sorge: »Wo ist er? Ich muß ihn sofort sehen!«

Legree gab keine Antwort. Aber Quimbo, der während des Gesprächs wie zufällig am Zaun gelehnt war, deutete stumm zum Lagerschuppen.

Robert rannte hinüber und öffnete die Tür. Als er Tom so zerschunden liegen sa, krampfte sich sein Herz zusammen. »Tom«, flüsterte er und kniete neben ihm nieder. »Ich bin's, dein junger Master Robert.«

Tom bewegte leicht den Kopf und schlug die Augen auf. Sein wirrer Blick fuhr über Roberts Gesicht. »Der Silberdollar«, sagte er mit kaum vernehmbarer Stimme und wollte schon die Augen wieder schließen.

»Onkel Tom«, flehte Robert, »erkennst du mich denn nicht? Bitte, schau mich an, Onkel Tom!«

Noch einmal irrte Toms Blick über Roberts Gesicht. Und plötzlich strahlten seine Augen auf und blieben hell: »Master Robert«, flüsterte er. »Du hast mich also nicht vergessen! Jetzt ist alles gut!«

»Ja, Onkel Tom«, schluchzte Robert, »alles wird wieder gut. Ich hab das Geld und nehm dich mit nach Hause«.

In Toms Augen flackerte es. »Ich gehe in ein anderes Zuhause. Sag allen Lebewohl. Aber sag Chloe nicht, wie du mich gefunden hast . . . Sie würde es nicht ertragen. Doch daß ich mich immer nach ihr gesehnt habe, das mußt du ihr sagen . . . Ich bin so glücklich, daß du . . .«

Mitten im Satz verließ Onkel Tom die Kraft, die ihm das Wiedersehen verliehen hatte. Ein Zucken ging durch den geschundenen Leib – dann war es vorbei.

Robert erhob sich, halbblind vor Tränen. Da sah er Legree, der in der Schuppentür stand und mit gespielter Gleichgültigkeit auf den toten Tom schielte.

Robert fühlte ohnmächtige Wut in sich hochsteigen.
Dieser Mann trug die Schuld am Tod seines Freun-
des und stand in aller Seelenruhe da und gaffte. Er
fühlte den unbändigen Drang, Legree niederzuschla-
gen. Er ging auf ihn zu – doch plötzlich hielt er inne.
Dieser zerlumpte, nach Branntwein stinkende Mann
hatte ein merkwürdig unruhiges Flackern im Blick.
Robert wußte mit einem Mal: das war Legrees
Gewissen! Und das würde ihm keine Ruhe lassen,
Tag und Nacht nicht, keine Sekunde lang.
Er wandte sich ab. Sambo und Quimbo halfen ihm,
Toms toten Körper auf den Wagen zu laden.
Viele Meilen von der Plantage entfernt fand Robert
einen schattigen Hügel. Dort schaufelte er Toms
Grab.

Nieder mit der Sklaverei

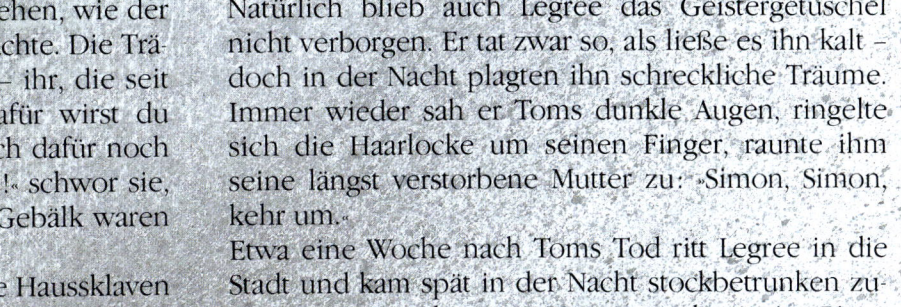

Cassy hatte durch das Astloch gesehen, wie der junge Mann Toms Leiche wegbrachte. Die Tränen schossen ihr in die Augen – ihr, die seit Jahren nicht mehr geweint hatte. »Dafür wirst du bezahlen, Simon Legree – und wenn ich dafür noch einige Tage länger hier ausharren muß!« schwor sie, und Emmeline sowie eine Spinne im Gebälk waren ihre Zeugen.

Legree betrank sich jetzt fast täglich. Die Haussklaven waren vor allem damit beschäftigt, ihm Branntwein zu bringen – und einander die neuesten Spukgeschichten zu erzählen. Denn seit kurzem gab sich das Gespenst nicht mehr damit zufrieden, im Gebälk herumzuheulen und zu stöhnen. Nein, die Diener schworen Stein und Bein, daß es nach Mitternacht groß und weiß durchs Haus wandle, durch versperrte Türen schlüpfe, über die Gänge schwebe – um dann wieder klagend auf den Dachboden zu verschwinden.

Natürlich blieb auch Legree das Geistergetuschel nicht verborgen. Er tat zwar so, als ließe es ihn kalt – doch in der Nacht plagten ihn schreckliche Träume. Immer wieder sah er Toms dunkle Augen, ringelte sich die Haarlocke um seinen Finger, raunte ihm seine längst verstorbene Mutter zu: »Simon, Simon, kehr um.«

Etwa eine Woche nach Toms Tod ritt Legree in die Stadt und kam spät in der Nacht stockbetrunken zurück. Er verriegelte seine Zimmertür, legte eine Pistole neben das Kopfkissen und fiel in unruhigen Schlaf. Plötzlich war ihm, als lege sich ein hauchkalter Schatten über ihn. Er wollte auffahren, nach der Pistole greifen – doch seine Glieder klebten bleischwer auf der Matratze. Mit weit aufgerissenen Augen sah er, wie etwas Weißes, Schleichendes ins Zimmer kam, näher, immer näher, bis ans Bett heran. Und dann hob sich eine bleiche Hand und berührte ihn – bis ins Mark hinein!

Legree schwanden für einen Moment die Sinne. Als er wieder zu sich kam, sprang er auf, rüttelte an der Tür. Sie war fest verschlossen!

Da warf er sich zu Boden, hielt sich die Ohren zu und wimmerte wie ein kleines Kind. Bald darauf sprach es sich in der Gegend herum, Legree sei wahnsinnig und sehe ständig Gespenster ...

Noch in dieser Nacht aber verließen Cassy und Emmeline das Haus. Sie gelangten ungesehen in die nächste Stadt. Dank ihres vornehmen Aussehens glückte es Cassy mühelos, sich als reiche Kreolin auszugeben. Emmeline spielte die Kammerzofe und trug ihr den Koffer hinterher. Die beiden Damen schifften sich am Red River nach New Orleans ein, wo sie sich sogleich auf einen Mississippidampfer begaben.

So fuhren Cassy und Emmeline glücklich den Strom der Tränen hinauf. Die Plantagen rechts und links des Ufers wurden spärlicher, bis sie schließlich ganz verschwanden. Und dank des Geldes, das Cassy aus Legrees Lade entwendet hatte, betraten die beiden Frauen an einem sonnig milden Herbsttag den freien Boden Kanadas ...

Auch auf Shelbys Farm begann dieser Tag in freudiger Erwartung. Noch vor Sonnenaufgang brannte in Onkel Toms Hütte bereits Licht. Chloe rannte mal hierhin, mal dorthin, ordnete, trat einen Schritt zurück, begutachtete, verwarf und ordnete neu.

»Oh, was für ein glücklicher Tag«, summte sie dabei vor sich hin, und dann zog die alte Chloe gar einen Spiegel aus der Lade, um sich schön zu machen. Woher sollte sie auch wissen, was dieser Tag ihr noch an Schmerz bringen würde?

Der junge Master Robert hatte seiner Mutter lediglich geschrieben, daß er voraussichtlich an diesem Tag heimkehren werde. Zuerst wollte er von Toms Tod brieflich berichten – doch dann brachte er es nicht übers Herz. So glaubte nun jeder auf der Farm, Robert habe sein Versprechen erfolgreich eingelöst und kehre mit Onkel Tom zurück.

Nachdem Chloe ihre Toilette beendet hatte – sie trug ein neues Kleid, einen farbenfrohen Turban und eine frischgestärkte Schürze –, eilte sie ins Herrenhaus hinüber. Bis in den Nachmittag hinein dirigierte sie in der Küche die Herstellung eines Begrüßungsessens. Dann wandte sie sich ins Wohnzimmer, um höchstpersönlich den Tisch zu decken.

Mrs. Shelby saß am Fenster und schaute halb erwartungsvoll, halb nervös hinaus.

»Ich werde den Teller an seinen Lieblingsplatz stellen«, plapperte Chloe, »und daneben den Blumenstrauß. Ja, so. So gefällt's ihm sicher, dem jungen Master. Was hat er denn genau geschrieben, Missis?«

Mrs. Shelby antwortete: »Eigentlich nur, daß er mit großer Wahrscheinlichkeit heute abend kommt.«

»Und keine Zeile über meinen Tom?«

»Nein, Cloe, aber er schreibt, daß er alles genau erzählen wird.«

Chloe lachte über das ganze Gesicht. »Das sieht ihm ähnlich, dem jungen Master. Will 'ne echte Überraschung aus der Rückkehr meines Alten machen. Und was wird Tom erst Augen machen, wenn er die Kinder sieht. Sind ja gewachsen wie die Bohnenstangen – Missis«, unterbrach sie sich plötzlich voller Angst, »haben Sie die Scheine?«

»Aber natürlich, Chloe«, beruhigte sie Mrs. Shelby.

Augenblicklich strahlte Chloe wieder: »Ich muß das Geld Tom zeigen, damit er sieht, was ich beim Konditor verdient habe. Wissen Sie, was der gesagt hat? ›Ich wollte, du würdest bleiben, Cloe‹, ja, das hat er gesagt. Doch ich hab geantwortet: ›Nein, Master, ich muß gehen, weil mein Mann kommt zurück‹.«

Mrs. Shelby lächelte gerührt. Chloe hatte darauf bestanden, ihrem Tom genau dieselben Banknoten, die sie verdient hatte, in die Hand zu drücken. Jede einzelne hatte Mrs. Shelby aufbewahren müssen, wenn Chloe sie am Ende der Woche brachte.

Es dunkelte bereits, als auf dem Hof das Rollen von Rädern zu hören war. Mrs. Shelby lief als erste hinaus, direkt ihrem Sohn in die weitgeöffneten Arme. Chloe rannte kurzatmig hinterher. Im Türrahmen blieb sie stehen und blickte erwartungsvoll auf den Wagenschlag. Er blieb geschlossen. Robert ließ seine Mutter los und war mit wenigen Schritten bei Chloe. Er nahm ihre schwieligen Hände und sagte leise: »Tante Chloe, ich hätte ihn dir so gerne mitgebracht, aber er ist für immer heimgegangen.«

Mrs. Shelby schrie auf.

Chloe richtete ihre braunen Augen auf Robert, doch sie brachte kein Wort heraus. Mit versteinerter Miene ging sie ins Wohnzimmer zurück. Als Robert und seine Mutter nachkamen, stand sie vor dem festlich gedeckten Tisch und starrte auf das Bündel Geldscheine. Es war mit einem rosa Band umknotet, und trotz ihrer verarbeiteten Hände hatte Chloe eine zierliche Masche zustande gebracht.

Jetzt fing Chloes breiter Rücken zu beben an. Sie packte das Geldbündel, drehte sich um, und warf es Mrs. Shelby vor die Füße. »Da, nehmen Sie! Ich will's nicht mehr sehen! Hab's doch gewußt – ist auf die Plantage verkauft und dort zu Tod geschunden worden!« Und sie stampfte mit stolz erhobenem Kopf über die Scheine hinweg aus dem Zimmer.

Ungefähr zwei Wochen nach diesem Vorfall ließ Robert Shelby alle seine Sklaven wissen, er habe ihnen etwas Wichtiges zu sagen.

Nach dem Frühstück füllte sich die große Halle mit erwartungsvollen Gesichtern aller Schwarzschattierungen. Ein Getuschel, Mutmaßen und Raunen ging von Mund zu Mund – bis Robert mit einem Stapel Papier eintrat.

Es waren die Freilassungsurkunden.

Robert las eine nach der anderen laut vor und überreichte sie dem betreffenden Sklaven.

Wer nun allerdings glaubt, es wären Sturzbäche an Freudentränen geflossen, der hat sich gründlich getäuscht. Ganz im Gegenteil: Die Leute standen stumm und betreten mit den Dokumenten da und blickten Robert ängstlich an.

»Ja, freut ihr euch denn nicht?« fragte dieser schließlich erstaunt.

Der schwarze Sam sprach aus, was alle dachten: »Bitte schicken Sie uns nicht fort, Master. Wohin sollen wir gehen? Hier ist doch unser Zuhause!«

Da lachte Robert über sein ganzes jungenhaftes Gesicht. »Aber ich will euch doch nicht los sein. Ich brauche weiterhin eure Hilfe. Der einzige Unterschied zu früher ist, daß ihr als freie Menschen für eure Arbeit guten Lohn erhalten werdet!«

Nun brach ein derart lautes Jubelgeschrei los, daß der Luster an der Decke bedenklich klirrte. Alte und Junge, Große und Kleine, Schwarze und Weiße fielen einander in die Arme, lachten und weinten oder standen ganz einfach nur da und starrten ehrfürchtig auf das Dokument.

Irgerndwann klatschte Shelby in die Hände. »Hört her, Leute, ich habe euch noch etwas zu sagen!« Es wurde mucksmäuschenstill.

»Ihr alle habt Onkel Tom gekannt. Er mußte einsam und Tausende Kilometer entfernt von seinen Lieben auf einer Plantage sterben – nur weil er mit schwarzer Haut in diese Welt geboren wurde. An seinem Grab habe ich mir geschworen, daß sein Tod nicht sinnlos sein soll. Das ist der Grund, warum ich euch die Freiheit gebe! Ich will nie wieder Sklaven halten!

Niemand soll, nur weil ich Schulden habe oder sterbe, fortgeschleppt und versteigert werden! Niemand soll durch mich von seiner Heimat, seiner Frau oder seinen Kindern getrennt werden und ins Elend geraten! Schaut hinaus: Tom ist tot, doch da steht noch immer seine Hütte. Sie soll dort stehen bleiben, als Zeuge meines Schwurs und als Mahnung für spätere Jahrhunderte. Ich für meinen Teil sage schon heute: Nieder mit der Sklaverei!«

Es gab keinen, der nicht Tränen in den Augen hatte. Chloe war neben Mrs. Shelby getreten. Sie drückte ihr stumm die Hand – so endete eine Dienerschaft und eine lebenslange Freundschaft begann.

Hier endet auch die Geschichte von Onkel Tom. Und solltest du einmal nach Kentucky kommen, so halt die Augen offen: Vielleicht siehst du am Rande einer Farm eine kleine Hütte, umgeben von bunten Blumen – und vielleicht ist es jene von Onkel Tom!

Die Deutsche Bibliothek – CIP-Einheitsaufnahme

Onkel Toms Hütte / Harriet Beecher-Stowe. Nacherzählt von
Susa Hämmerle. Ill. von Christine Krais. – Wien; München:
Betz, 1992
(Bibliothek der Kinderklassiker)
ISBN 3-219-10530-0
NE: Hämmerle, Susa; Krais, Christine; Stowe, Harriet Beecher:
Onkel Toms Hütte

B 598/1
Alle Rechte vorbehalten
Umschlag, Illustrationen und Layout von Christine Krais
Copyright © 1992 by Annette Betz Verlag im Verlag Carl Ueberreuter,
Wien – München
Printed in Slowenia